DOCUMENTS STATISTIQUES

SUR

L'EMPLOI DES BOIS DANS LA MEUSE.

Typog. de **LAGUERRE**, Imprimeur et Lithographe,
rue Rousseau, **18**, à Bar-le-Duc.

DOCUMENTS STATISTIQUES

SUR

L'EMPLOI DES BOIS

dans la Meuse,

Par M. COTHERET,

Conservateur des Forêts,

MEMBRE DE LA SOCIÉTÉ D'AGRICULTURE, SCIENCES ET ARTS
DE LA HAUTE-SAONE,
DE LA SOCIÉTÉ D'ÉMULATION DU JURA,

CHEVALIER DE LA LÉGION-D'HONNEUR.

A Bar-le-Duc,
chez ALEX. LAGUERRE et Cie, Libraires-Éditeurs, rue Rousseau, 18;
A Saint-Mihiel,
chez Mme TESSELIN-LAGUERRE, Libraire, rue Basse-des-Fosses;
et chez les principaux Libraires de la Meuse;
A Paris,
chez RORET, Libraire, rue Haute-Feuille, 10 bis.
A Nancy,
chez GRIMBLOT, Libraire, Place Stanislas.

AVRIL 1846.

PRÉFACE.

François Ier disait des forêts qu'elles étaient « la chose la plus utile et la plus requise du royaume. »

Cette vérité sortie de la bouche d'un grand Roi, à une époque déjà si éloignée de nous, frappe, aujourd'hui, les esprits les moins éclairés, et répand une lumière d'autant plus vive que les guerres, les dévastations, les aliénations, les défrichemens et la phalange des abus que les intérêts privés ne cessent de recruter, ont dévoré les forêts. La France entière déplore leur destruction commencée dans plusieurs départements en deuil, comme un vieillard regrette sa fortune dissipée dans les temps orageux de la jeunesse. Les privations et les besoins des classes pauvres, la disette des bois nécessaires à l'existence de nos nombreuses usines, l'insuffisance des approvisionnements de nos constructions civiles et navales, la diminution progressive des sources, la siccité dans les plaines, les ravins creusés par les eaux dans les flancs des montagnes, les éboulemens, les avalanches, les lits des rivières encombrés, les débordements et les affreux sinistres qui les accompagnent : tels sont les maux déplorables qui ont suivi la destruction des forêts, et pèsent lourdement sur la France. Le pays s'en émeut; jamais, peut-être, on ne s'est plus sérieusement préoccupé de l'avenir des forêts : Le gouvernement, les chambres, les académies savantes, tout ce que la France a de grand et d'éclairé, veut prendre part à la grande œuvre de leur régénération; mais ils est à craindre que les intérêts privés ne l'emportent sur les intérêts vraiment nationaux, et que ces grands projets de reboisement ne demeurent sans exécution.

Plusieurs journaux publient, en ce moment, les vues des

forestiers les plus habiles de France et d'Allemagne ;
d'autres journaux cherchent à faire prévaloir leur routine
ignorante, et à défaut de bonnes productions, remplissent
leurs colonnes de critiques, souvent injustes et toujours
grossièrement exprimées.

Les théories abondent ; elles sont reproduites sous toutes
les formes et sur tous les sujets : c'est chose facile, en effet; il suffit d'être pourvu d'un peu de mémoire et d'ima-
gination pour donner des variantes sur un thème connu, et
nos écrivains forestiers se donnent ces sortes de velléités à
satiété.

Mais les bonnes pratiques sont-elles suffisamment répan-
dues ? Non, sans contredit, et la raison en est facile à
trouver : les hommes expérimentés, les bons praticiens
forestiers, ne se forment qu'avec le temps et sont peu
nombreux; la plupart n'écrivent pas et se renferment dans
le cercle qui leur est spécial : nous voulons dire dans l'exécution ; ils sont d'autant plus avares des biens qu'ils possèdent, qu'ils les ont acquis par un travail assidu, par
l'esprit d'observation et par la persévérance. Leur savoir-
faire, les rend très-utiles et rehausse leur position
administrative ou sociale, et l'on n'aime pas partager des
biens péniblement acquis. De là l'absence de publication
des méthodes pratiques ; de là l'inexpérience dans laquelle
vivent long-temps nos jeunes forestiers, et les fautes qu'ils
commettent au détriment des forêts, du trésor et du bien
public.

Cet état de choses, très-fâcheux, prendrait fin immédia-
tement, si les hommes qui sont parvenus à réunir la
pratique aux meilleures théories cessaient de vivre dans le
moi et répandaient, avec clarté et précision, les connais-
sances qu'ils ont acquises. On irait bien plus vite frapper
au but en donnant, dans chaque conservation forestière,
des détails statistiques sur les exploitations, sur les différents emplois des bois, sur leurs débouchés, sur les usines

qu'ils alimentent, sur les voies de transport, et sur les nombreuses industries qui leur doivent l'existence.

Telle est la tâche que nous nous imposons aujourd'hui en publiant les *Documents statistiques sur l'emploi des bois dans la Meuse.*

Le sol de ce département est peu fertile. Un assez grand nombre de ses habitants émigrent momentanément. Ils portent leur industrie et leur activité laborieuse dans d'autres départements, et notamment dans la Seine. On y rencontre fréquemment des marchands de paniers, des cordonniers ambulants, des cochers, des rémouleurs.

Cependant, l'industrie locale a pris un merveilleux développement dans la Meuse; elle se reproduit sous tant de formes et d'une manière si ingénieuse que ses habitants peuvent s'en énorgueillir à bon droit.

Nous ne parlerons ici que de celle qui s'alimente par les forêts.

La population de la Meuse sait user d'une sage liberté ; mais elle est soumise aux lois et attachée aux institutions qui régissent le pays. On a vu, en temps de guerre, sortir de ses bataillons un grand nombre d'officiers-généraux et plusieurs illustrations militaires dont les noms, dès aujourd'hui, appartiennent à l'histoire.

En temps de paix, elle s'anime devant les difficultés et lutte avec courage contre la concurrence commerciale. Elle sait tirer le plus grand parti des productions du sol, voire même des plus faibles ressources. L'exploitation de ses forêts se reproduit sous mille formes diverses et s'approprie à une foule d'industries. Elle emprunte à la sculpture ses plus beaux modèles, et ses usines de fer les reproduisent en statues, en vases, en ornements, sur nos édifices publics, dans nos jardins, dans nos habitations. La capitale, elle-même, a emprunté à la Meuse les ornements en fonte dorée de la place de la Concorde.

En donnant les renseignements statistiques que nous

avons rassemblés sur les produits de l'industrie *Meusienne*, en ce qui concerne les forêts (1), nous croyons rendre un hommage public aux hommes habiles dont les travaux industriels honorent le pays autant qu'ils l'enrichissent.

Nous avons l'espoir que ces renseignements préluderont utilement à la publication d'une statistique générale de la Meuse.

Nous serons trop récompensé de nos propres travaux si les habitans de la Meuse trouvent dans cet essai la preuve du désir ardent que nous avons de leur être utile, et la manifestation des sentimens qui nous attachent à eux.

(1) Ces documents ne comprennent pas la charpente, la menuiserie, ni les ouvrages ordinaires du tour, non plus que l'ébénisterie; ces sortes de professions existent partout. On s'est abstenu également de faire des recherches sur la consommation en bois des filatures, des teintureries, des brasseries : les bois que consomment ces différents établissements ne diffèrent en rien des bois ordinaires de chauffage. Le but de cette publication est de faire connaître les exploitations, les estimations, les débouchés, le flottage et tous les genres d'industries et perfectionnemens qui existent principalement par les forêts.

Avant-propos.

Messieurs les maîtres de forges, marchands de bois et agents forestiers, qui ont bien voulu nous prêter leur concours dans la recherche des nombreux renseignements statistiques que renferme cette publication, trouveront ici l'expression profonde de notre reconnaissance. En les nommant, ce serait les engager pour ainsi dire dans une solidarité que, peut-être, plusieurs d'entre eux ne voudraient pas accepter ; cependant, aucune publication ne doit, moins que celle que nous donnons, redouter la critique ; loin de la craindre, nous l'appelons de tous nos vœux ; cette critique, en effet, nous ferait toucher directement au but que nous avons cherché à atteindre : découvrir la vérité tout entière sur les résultats obtenus et à obtenir par cent industries diverses, auxquelles notre travail se rattache plus ou moins directement ; tel est ce but.

On concevra facilement que nous nous soyons arrêtés à des renseignements généraux, à des moyennes sur les fabrications, frais de main-d'œuvre, prix de vente, etc., renseignements plus ou moins variables suivant les temps et les localités : c'est un tableau d'assemblage que nous présentons et non pas des esquisses particulières des usines ou des ateliers dans lesquels les mêmes industries sont exercées.

L'habileté avec laquelle l'industrie *Meusienne* parvient à obtenir de grands avantages des plus faibles ressources, est d'autant plus remarquable que, généralement, elle y consacre des capitaux peu considérables.

On ne saurait trop encourager et trop honorer ses travaux. Les renseignements statistiques que nous publions sont un hommage que nous aimons à lui rendre.

DOCUMENTS STATISTIQUES

SUR

L'EMPLOI DES BOIS DANS LA MEUSE.

USINES MÉTALLURGIQUES.

FORÊTS. — EXPLOITATION.

CHAPITRE Ier.

CONSIDÉRATIONS GÉNÉRALES.

Les usines métallurgiques n'existent que par les forêts. On objecterait en vain, pour détruire ce point de fait, que, dans quelques départements, on a construit des hauts-fourneaux dans lesquels on fabrique la fonte avec la houille, et que les feux d'affineries, destinés à réduire la fonte en fer, ont été remplacés, sauf quelques exceptions devenues très-rares, par les fours à puddler alimentés par le charbon minéral. Cette observation tendrait à démontrer que l'on peut fabriquer de la fonte avec la houille et que cette fabrication existe en effet dans certaines contrées où elle abonde (1); mais, cédant à la force de la vérité, on serait contraint de convenir que la fonte fabriquée avec le charbon minéral n'entre dans la consommation générale que dans une faible proportion; que, d'un autre côté, elle est d'une qualité très-inférieure à celle qui est fabriquée avec le charbon végétal, et qu'elle ne peut être employée à un très-grand nombre d'usages les plus utiles aux besoins du pays et de la consommation journalière. On pourrait donc considérer la fabrication de la fonte à la houille comme une exception qui ne reçoit d'application que dans les pays dépourvus de forêts et riches en terrains houillers.

---

(1) Notamment dans les environs de Valenciennes et dans le bassin de Saint-Étienne.

Mais, si les usines métallurgiques existent par les forêts, ne doit-on pas reconnaître que l'importance des forêts grandit encore par l'alliance indivisible qui existe entre elles et les usines métallurgiques?

Ce point de fait, ainsi que celui que nous venons de vérifier, ne doit pas être compris dans une acception générale : avant les besoins des usines métallurgiques, il faut d'abord faire la part de la consommation de nos foyers domestiques, celle de nos constructions civiles et navales, et des cent industries diverses qui n'existent que par les forêts, et qui contribuent puissamment au bonheur, à la prospérité du pays. Parmi celles-ci, cependant, les usines métallurgiques occupent le premier rang. Ce sont elles qui consomment la plus grande partie du produit des coupes de bois; ce sont elles qui donnent une valeur inespérée à des sols ingrats, impropres à l'agriculture et qui, sans les usines, resteraient improductifs.

L'aperçu qui suit mettra facilement à même d'apprécier l'importance des usines métallurgiques dans la Meuse, et par coïncidence, celles des forêts de ce département.

Il existe dans la Meuse 36 hauts-fourneaux ou grandes fonderies de première fusion, destinés soit à fabriquer la fonte, soit à couler des ustensiles de toutes les formes, des tuyaux de conduite des eaux, des balustrades, des vases et ornements de toutes les formes, etc.

Un assez grand nombre d'usines des départements voisins viennent y compléter leurs approvisionnements en bois. Nous citerons les forges de Longwyon, Briey, Moyeuvre, Lagrandeville et Gorcy (Moselle); celles de Marnaval, Clos-Mortier, Osne-le-Val, Pancey, Chamouilley, Bussy, Eurville, Roches, Bienville, Bayard (Haute-Marne); Sionnes (Vosges); Chehery et Apremont (Ardennes).

La consommation d'un haut-fourneau pendant 12 mois de l'année, est de 17,280 stères de bois (1), elle serait donc pour les 36 hauts-fourneaux qui existent dans la Meuse de 622,080 stères par année.

Si, à cette consommation énorme, on ajoute celle des hauts-fourneaux des départements voisins qui viennent y prendre une partie de leur approvisionnement, et qui s'é-

---

(1) Ce calcul est basé sur 90,000 kilogrammes de fonte par mois, et 16 stères par 1,000 kilogrammes.

lève à 80,000 stères et au-delà, on voit que les ressources en bois demandées aux forêts de la Meuse s'élèveraient à 700,000 stères environ.

Cela posé, examinons quelles sont les ressources qu'on peut attendre des forêts de ce département.

	H.	A
Les forêts domaniales contiennent.	35,646	10
Les forêts communales et d'établissem^ts publics	90,805	60
Celles des particuliers (environ).	44,943	41
Total.	171,395	11

Elles s'exploitent, savoir :

Celles de l'Etat, à 30 et 35 ans;

Celles des communes et des établissements publics, à 25 et 30 ans;

Celles des particuliers, à 20 ans, et plus souvent avant cet âge qu'après.

En admettant la moyenne des exploitations à 25 ans, elles porteront, annuellement, sur 6,855 hectares.

Cela posé, il reste à apprécier combien l'hectare doit rendre de stères de bois de chauffage et de forges, en moyenne, déduction faite des bois d'œuvre et de construction, et on aura une idée aussi exacte que possible des ressources de cette nature qu'offrent les forêts de la Meuse.

D'après les nombreux rapprochements que nous avons faits, nous pensons que le produit d'un hectare moyen, à 25 ans, vides et clairières compris, et déduction faite des bois d'œuvre et de construction, peut être évalué à 110 stères de bois de chauffage et de forges.

Le produit des forêts de la Meuse en bois de cette espèce serait donc de 754,050 stères.

Ce chiffre étant rapproché de celui qu'exigerait la consommation des hauts-fourneaux (700,000 stères), il s'ensuivrait qu'il resterait pour les foyers domestiques, pour les besoins de l'agriculture et pour toutes les industries autres que les forges 54,050 stères; or, la population de la Meuse étant de 326,372 habitants, il ne resterait plus que 0,165 stère pour chacun d'eux.

Ces rapprochemens, que démontre jusqu'à l'évidence le pouvoir inflexible des chiffres, conduisent à prouver :

1° Que les usines métallurgiques et les forêts se prêtent un mutuel appui ;

2° Que la consommation des hauts-fourneaux absorbe la plus grande partie des forêts de la Meuse;

3° Que cette consommation excède de beaucoup la possibilité de ce beau département forestier, et que ce fait incontestable explique l'état de chômage d'un très-grand nombre d'usines, et l'impossibilité pour celles qui ne sont pas placées dans des conditions favorables, et auxquelles les maîtres de forges ne consacrent pas des capitaux considérables, de soutenir la concurrence ardente qui existe sur tous les points;

4° Que les propriétaires de forêts ont un intérêt des plus grands au maintien et à la prospérité des usines métallurgiques; car, dès l'instant où elles cesseront d'exister, les propriétés boisées deviendront à peu près stériles entre leurs mains;

5° Que le gouvernement, plus que tout autre propriétaire, est intéressé à la prospérité des usines métallurgiques et des forêts simultanément; car, dès l'instant où elles cesseront d'être dans un état prospère, le revenu imposable baissera proportionnellement au décroissement des produits pécuniaires des forêts, et le trésor perdra une partie importante de ses ressources.

Une observation qui révèle l'importance des forêts, envisagées sous les rapports philantropiques, c'est que le produit vénal est le seul chiffre du budget de l'état qui ne soit pas un impôt et qui ne pèse pas sur le peuple plus ou moins directement.

D'un autre côté, les produits des forêts, en matières, se ramifient pour ainsi dire comme les arbres eux-mêmes sous les efforts de l'industrie; ces produits prennent des formes variées à l'infini, ils alimentent les nombreux besoins de l'agriculture, de la marine, des constructions, des usines métallurgiques, des manufactures, du commerce, et se prêtent aux exigences capricieuses du luxe lui-même.

Ces considérations, cependant, quelle que soit leur importance, pâlissent devant les grandes questions politiques qui se rattachent aux forêts dans leurs rapports avec la marine, questions aujourd'hui plus vivaces que jamais; elles n'ont qu'un intérêt secondaire, pour ainsi dire, quand on les considère au point de vue des besoins journaliers d'une population qui accroît rapidement et dont les exigences augmentent dans une plus forte proportion encore avec l'état de bien-être du pays.

Qu'on nous pardonne ces réflexions qui sortent de notre sujet : nous y rentrons au plus vîte.

CHAPITRE II.

EXPLOITATION DES FORÊTS DESTINÉES A ALIMENTER LES USINES MÉTALLURGIQUES.

Nous avons démontré l'importance des forêts de la Meuse dans leurs rapports avec les usines métallurgiques : les détails dans lesquels nous allons entrer concernant leur exploitation prennent, par là même, un intérêt qui ressort de l'objet principal.

§ 1er.

Bois à charbon.

Pour abattre et empiler un stère de bois à charbon, dans la Meuse, le salaire des bûcherons est de 50 centimes.

L'empilement est compris dans cette dépense pour 10 centimes.

Ces frais s'élèvent quelquefois à 60 centimes, lorsque la coupe à exploiter est peuplée de taillis peu élevés et peu fournis de bonnes essences, lorsque les mort-bois (mauvais bois) dominent, lorsqu'elle est placée dans des côteaux rapides qui rendent l'exploitation difficile; mais ces cas sont rares et ne doivent pas faire adopter un autre chiffre que celui de 50 centimes que nous avons donné comme représentant, en moyenne, les frais de cette nature.

Après avoir été abattus et empilés par les bûcherons, les bois à charbon passent dans les mains des *dresseurs* et des charbonniers.

Les *dresseurs* sont les ouvriers qui disposent les bois à charbon en piles coniques, connues sous le nom de *fourneaux*, afin de les préparer à la carbonisation.

Dans la Meuse, il n'existe pas de *dresseurs* proprement dits : ce sont les charbonniers qui préparent les places à *fourneaux*, qui dressent (1) les *fourneaux* et qui les *feuillent*.

Feuiller un *fourneau*, c'est le revêtir, avant de le mettre en feu, d'une couche de feuilles sèches sur laquelle on étend une autre couche de terre de 10 à 12 centimères

---

(1) Empiler les bois.

d'épaisseur. Cette opération a pour but d'éviter un em-
brasement total du bois soumis à la carbonisation. On
emploie à cet effet, de préférence, la terre des anciennes
places à charbon et le *frasil* (1) qui en provient.

Les fourneaux sont établis sur des emplacements nivelés
et horizontaux. On a soin de les élever un peu au-dessus
du niveau du sol afin d'éviter qu'ils ne soient envahis par
les eaux.

Ces emplacements se nomment *fosses* ou *faudes*.

Ils sont désignés par les agents forestiers (Code forestier,
art. 38) et indiqués par les charbonniers et commis de
vente.

Les agents veillent à ce que les *faudes* soient placées à
portée des chemins de vidange, autant que possible ; ils
veillent encore à ce qu'elles soient éloignées des souches
vivaces et des arbres marqués en réserve, ainsi que des
bruyères et des fougères qui pourraient s'embraser et causer
des incendies.

Le nombre des *faudes* est proportionné à l'abondance
des bois à carboniser. Ce nombre n'excède pas deux par
hectare (2).

Chaque *faude* reçoit un fourneau qui contient, en
moyenne, 50 stères de bois à charbon.

Le choix des emplacements où les *faudes* doivent être
établies est d'un grand intérêt pour les maîtres de forges et
les marchands.

Pour obtenir *un bon cuisage,* il faut que le terrain ne soit
ni trop sec ni trop humide, et qu'il ne soit pas mêlé de
pierres ni de sable autant que possible.

Les anciennes *faudes* sont fort recherchées des charbonniers et donnent des charbons meilleurs et en plus
grande quantité que les emplacements neufs. Cette puis-
sante considération doit empêcher de chercher à repeupler
les *faudes* qui existent dans les forêts uniquement destinées
à l'approvisionnement des forges.

Pour obtenir des charbons de bonne qualité et éviter le
déchet considérable qui est la conséquence infaillible d'une
carbonisation négligée, il faut que les bois ne soient ni
trop secs ni trop verts : dans le premier cas, ils sont trop

---

(1) Terre mélangée de poussière et débris de charbon.
(2) La déclaration de Léopold du 31 janvier 1724, faisait défense de faire
plus d'une fosse pour trois arpents de Lorraine.

friables et il est difficile d'éviter qu'ils ne se consument ou ne se réduisent en braise; dans le second, ils jettent une grande quantité d'humidité, ils s'allument difficilement et laissent beaucoup de *fumerons* (1).

On carbonise depuis le commencement du printemps, en été et quelquefois jusqu'au milieu de l'automne.

Cependant, le temps des grandes sécheresses est défavorable; il est difficile de *feuiller* à cette époque, et les adjudicataires des coupes en exploitation suspendent la carbonisation.

Les adjudicataires paient aux charbonniers, pour préparer les *faudes*, pour *dresser*, carboniser et aider à charger les *bannes* (2) 27, 28, 30 et 32 centimes par stère, suivant la grosseur des bois, la facilité ou la difficulté de l'exploitation : en moyenne 30 centimes.

Un charbonnier avec sa femme et un ouvrier peut carboniser 440 stères par mois, soit pendant sa campagne 3,080 stères. La campagne, autrement la saison des *cuisages*, est de sept mois environ.

Un bon charbonnier avec quatre bons ouvriers peut carboniser dans sa campagne jusqu'à 7000 stères.

Trois ouvriers préparent les *faudes* et *dressent*. Le charbonnier et un ouvrier revêtent les fourneaux, les mettent en feu, suivent la carbonisation et aident à charger les *bannes*.

La fabrication des charbons est un des points les plus importants de l'industrie métallurgique. Il n'est pas un maître de forge qui ne cherche les moyens de l'améliorer : produire davantage et obtenir la même qualité, tel est le problème à résoudre.

Pour y parvenir, on a établi dans plusieurs usines de la Meuse, et notamment à Montiers-sur-Saulx, des appareils de carbonisation. Ces appareils ont donné, assure-t-on, des résultats très-favorables. On aurait pu les utiliser facilement à extraire du goudron et de l'acide; mais soit que l'établissement en grand de ces appareils entraînât une émission trop considérable de capitaux, soit que les frais de ces établissements ne fussent pas couverts par les produits, ces essais n'ont pas été suivis.

---

(1) Bois demi-carbonisé.

(2) Voitures destinées à conduire les charbons. Ce sont de longs paniers tressés avec des harts de charme, de coudrier ou autres bois flexibles.

§ 2.

Poids des bois et des charbons.

Le double stère de bois à charbon (corde du pays) pesé au moment le plus favorable pour la carbonisation, après quelques mois d'exploitation, donne, en moyenne, savoir :

Bois de chêne en quartier. . . . . 915 kilog.
Bois rondin, taillis de charme, hêtre et autres essences. 850
Bois de branchages et houpiers. 625

La moyenne serait donc de . . . . 796 kilog.

Il est vrai que les houpiers et branchages entrent pour une faible partie dans la composition du bois à charbon ; mais, d'un autre côté, il faut remarquer que les maîtres de forges carbonisent les bois provenant de taillis fort minces et que, pour nous servir d'une expression pratique, *ils tirent au dernier bouton.* Ces sortes de bois ont peu de poids. On peut donc admettre qu'un double stère de bois à charbon pèse 800 kilogrammes en moyenne.

Ce double stère réduit en charbon, donnera un poids de 140 à 145 kilogrammes.

Le double mètre cube de charbon, à la rentrée dans les halles, pèse de 400 à 420 kilogrammes ; par conséquent, un mètre cube ou kilolitre de charbon, pèse de 200 à 210 kilogrammes, en moyenne.

Les charbons de bois durs, lorsqu'ils ont séjourné dans les halles, peuvent peser jusqu'à 230 et 240 kilogrammes.

Ces chiffres peuvent servir à faire des rapprochements et des comparaisons ; mais il faut bien se garder de les admettre comme base des calculs auxquels on se livrerait pour se rendre compte de la consommation des usines et des frais qui s'y rattachent. L'expérience a démontré, en effet, que les appréciations faites d'après le poids ne peuvent qu'égarer et donnent lieu à des déceptions, parce que le poids des charbons éprouve des variations considérables résultant de la nature des bois qui les ont produits, de la saison et des temps plus ou moins favorables pendant lesquels ces bois ont été carbonisés, des emplacements choisis pour établir les *faudes,* et des soins donnés à la carbonisation.

C'est d'après le volume qu'il est convenable d'apprécier la consommation des usines et les frais qu'elles entraînent.

A cet égard, nous suivrons en tout point les pratiques de MM. les maîtres de forges.

§ 3.

Combien 1 stère de bois réduit en charbon perd-il de son volume?

On admet généralement que le bois à charbon, après la carbonisation, perd deux tiers de son volume; ainsi la corde de charbonnette de 2 stères, en usage à Bar-le-Duc et à Commercy, donnerait $0,^{st} 666^m$ et, dans la même proportion, 6 doubles stères de bois rendraient un double mètre cube de charbon.

Ce rapport, cependant, n'est pas exact; on peut obtenir 40 p. 0/0 et au-delà; mais alors, on aura un charbon plus léger, et l'on perdra en poids et en qualité ce qu'on aura obtenu en volume.

Cette différence s'explique aisément; il suffit, pour la saisir, d'admettre une distinction entre les essences qui dominent dans les bois soumis à la carbonisation. Les bois blancs et poreux, les trembles, aulnes, marsaults et autres de cette espèce donneront un plus grand volume; mais ils produiront des charbons bien inférieurs en qualité et en poids à ceux qu'on obtiendra du charme, du chêne, du hêtre et autres bois durs.

Quelques maîtres de forges admettent que 14 stères de bois donnent, en moyenne, 5 mètres cubes de charbon (5 kilolitres ou banne ordinaire); d'où résulterait une diffé- rence de 1/42 avec l'appréciation dont il vient d'être parlé.

D'autres maîtres de forges, enfin, qui sont à la tête de l'industrie métallurgique dans la Meuse, admettent que 2 stères 60 de bois suffisent pour donner un kilolitre de charbon. Entre cette nouvelle appréciation et la première la différence est de 2/39.

D'après de nombreux rapprochements, et prenant en considération le déchet provenant des brisures et pertes survenues dans le transport et le déchargement, on peut admettre les moyennes suivantes:

Un double stère de bois provenant d'un taillis de 25 ans, et rendu à l'usine, donnera 743 litres ou 2 tonneaux 97 centièmes (1), et un double stère d'un taillis de 30 ans, rendra 788 litres, soit 3 tonneaux 15 centièmes; d'où ré-

---

(1) Le tonneau de forges, dans la Meuse, contient 250 litres.

sulte que, en général, les bois à charbon provenant d'un taillis de 25 ans perdent 0,63 de leur volume et ceux de 30 ans ne perdent que 0,61.

§ 4.

Transport des bois à charbon.

Il résulte des divers rapprochements faits sur tous les points de la Meuse, que le transport d'un kilolitre de charbon de la forêt à l'usine, coûte 0 f. 10 par kilomètre, au plus (1).

Nous avons fait connaître qu'un stère de bois réduit en charbon rend, en moyenne, les 0,37 de son volume ; il coûtera donc de transport, par kilomètre, les 0,37 de 10 centimes, soit 0 f. 037.

Cela posé, dès qu'on sera fixé sur la distance qui existe de la coupe en exploitation à l'usine, il sera facile de déterminer les frais de transport du produit d'un stère de bois carbonisé.

Admettons que la distance à parcourir soit de 16 kilomètres (4 lieues), la formule suivante donnera le chiffre de la dépense : 0, f. 037 × 16 = 0, f. 592.

CHAPITRE III.

§ 1er.

Quelle est la quantité de stères de bois nécessaire pour obtenir 1,000 kilogrammes (une tonne) de fonte ? (2)

MM. les maîtres de forges, mêmes les plus éclairés, ne sont pas fixés d'une manière invariable sur la quantité de charbon végétal nécessaire pour obtenir une tonne de fonte.

---

(1) Ce chiffre est le plus élevé qu'on puisse admettre en moyenne : Les frais n'*atteignent pas* 10 *centimes* par kilomètre et pour 1 kilolitre quand la forêt est à 24 kilomètres et plus de l'usine, et quand les voituriers n'ont pas à découcher.

(2) Pour compléter les renseignements que nous avons rassemblés dans ce chapitre, nous croyons devoir faire connaître que, pour fabriquer 1,000 kilogrammes de fer, à la méthode Champenoise, on emploie 1,400 kilogrammes de fonte, et que 1,400 kilogrammes de houille sont nécessaires pour obtenir cette conversion.

Le prix de la houille, aujourd'hui, dans les arrondissements de Bar-le-Duc et Commercy, varie de 45 à 55 francs ; ce prix baissera nécessairement dès que le canal de la Marne au Rhin sera livré à la circulation; cependant, il ne faut pas croire que cette baisse soit aussi considérable qu'on le pense généralement; en effet, les propriétaires des houillères et les exploitants chercheront, nécessairement, à maintenir le prix de ce combustible à la hauteur du prix des autres matières nécessaires aux besoins du pays qui les consomme.

Suivant les uns, la consommation, à l'air froid, est de 6 kilolitres à 6 k. 50;

Le plus grand nombre admet que cette consommation, à l'air chaud, est de 5 kilolitres 50 à 6.

Nous admettons 6 kilolitres, en moyenne.

En rapprochant ce chiffre de ceux que nous avons donnés au précédent §, concernant la conversion des bois en charbon, on aura les proportions suivantes :

A raison de 14 stères de bois pour 5 kilolitres de charbon :

$$5 : 14 :: 6 : X, \text{ d'où } X = \frac{14 \times 6}{5} = 16, \text{stères } 80.$$

A raison de 13 stères de bois pour 5 kilolitres de charbon:

$$5 : 13 :: 6 : X, \text{ d'où } X = \frac{13 \times 6}{5} = 15, \text{stères } 60.$$

D'après les résultats obtenus par le Conservateur :

$$0,37 : 1 :: 6 : X, \text{ d'où } X = \frac{1 \times 6}{0,37} = 16, \text{st.} 22 \text{ (taillis de 25 ans).}$$

$$0,39 : 1 :: 6 : X, \text{ d'où } X = \frac{1 \times 6}{0,39} = 15, \text{st.} 38 \text{ (taillis de 30 ans).}$$

La moyenne de ces chiffres donne, très-exactement, 16 stères comme représentant, dans la Meuse, la quantité de bois à charbon nécessaire pour produire 1000 kilogrammes de fonte.

§ 2.

Quelle est la quantité de minerai nécessaire pour obtenir une tonne de fonte?

Dans les arrondissements de Bar-le-Duc et de Commercy, les usines qui ont une bonne marche et qui

---

L'abaissement du prix des houilles aura pour résultat infaillible d'élever le prix des fontes, en voici les motifs :

1° Les maîtres de forges pourront convertir, eux-mêmes, leurs fontes en fer au lieu de les vendre aux usines de la Loire et du Nord, et dès-lors, les fontes auront une valeur plus élevée puisqu'il n'y aura pas à déduire les frais de transport de cette valeur.

2° Les frais généraux de fabrication par tonne de fonte, seront nécessairement abaissés puisque ces frais porteront sur une bien plus grande quantité de matières fabriquées.

Nous ne craignons pas d'avancer que le prix du bois n'éprouvera pas de diminution sensible par suite de l'arrivage des houilles par le canal de la Marne au Rhin. Voici les motifs sur lesquels repose cette opinion : le prix des fontes devant s'élever, comme nous l'avons dit, dans une certaine proportion, et la houille n'étant pas employée, dans la Meuse, à la fabrication de la fonte, il s'en suivra que l'abaissement sur le prix de la houille, avec laquelle on réduit la fonte en fer, sera reportée sur le prix des bois à charbon avec lesquels on fabrique la fonte, il arrivera de là que le prix de revient des fers restera le même pour les maîtres de forges, et que le prix des bois restera à peu près stationnaire.

emploient l'air chaud (1) ne consomment que 1,450 litres, au plus, de minerai bien lavé et bien net pour obtenir une tonne de fonte.

La consommation moyenne des usines qui marchent à l'air froid, et dont la marche est moins bonne, est de 1,510 à 1,520 litres. On peut admettre, en moyenne, 1,500 litres.

Quelques maîtres de forges de l'arrondissement de Montmédy achètent des minerais de très-bonne qualité dans la Moselle; mais ils reviennent à un prix fort élevé, à raison des frais de transport, et on ne les emploie jamais sans mélange.

§ 3.

Quel est le prix de revient du minerai rendu à la forge?

Les principales minières de la Meuse sont situées dans les arrondissements de Bar–le–Duc et Commercy, à Montiers–sur–Saulx, Ecurey, Morley, Biencourt, Ribeaucourt, Couvertpuis, Hévillers, Tréveray et lieux environnants.

La queue de forges, en usage dans ce pays, contient, en moyenne, 500 litres de minerai brut (minerai en terre).

Les maîtres de forges paient cette queue de mine-

---

(1) L'emploi de l'air chaud consiste à jeter dans les fourneaux ou dans les foyers d'affinerie le gaz que dégagent les *gueulards* ou cheminées des usines.

C'est un grand mérite pour les maîtres de forges que d'employer l'air chaud utilement, de régler la quantité et le degré de chaleur qu'on désire obtenir, et de l'approprier au genre de fabrication de l'usine.

L'emploi de l'air chaud apporte de l'économie dans la consommation des combustibles; il donne, en outre, une qualité supérieure à la fonte. Les fourneaux à marchandises en reconnaissent tous les jours l'importance; ce perfectionnement est pour eux d'un grand prix.

On utilise le gaz qui s'échappe des hauts-fourneaux et des feux d'affineries à plusieurs usages: à la cuisson de la chaux, de la brique, à réchauffer les pièces destinées à subir un étirage ou un nouveau martelage; en cela il remplace un four de chaufferie.

Le gaz sert à l'éclairage des ateliers.

On le dirige sous les machines à vapeurs; il y circule et économise l'emploi de la houille.

M. d'Andelarre, à Tréveray, arrondissement de Commercy, est parvenu à fabriquer des fers sans aucun combustible, en le remplaçant par le gaz échappé des *gueulards* de deux hauts-fourneaux rapprochés l'un de l'autre. Il conduit le gaz dont il a besoin dans un four à réverbère et laisse échapper ce qui lui paraît surabondant pour obtenir la fusion de la fonte. L'immense difficulté à surmonter est de pouvoir régler l'élévation de la température : M. d'Andelarre paraît avoir résolu ce problème qui, jusqu'ici, était considéré comme insoluble.

raï 0,20 c. et 0,30 c. aux propriétaires du fonds;   f. c.
en moyenne. 0 25

Les terres à mine que concèdent les propriétaires
se louent 1500 à 1800 fr. les 33 ares, pendant le
temps nécessaire à l'extraction. Cette extraction se
fait à ciel ouvert.

Quand les maîtres de forges obtiennent des concessions dans les forêts, le prix est beaucoup moins
élevé : de là le grand nombre de demandes de cette
nature.

Les frais d'extraction sont, par queue (500 litres),
de 0 15

Les frais de transport des minerais en terre, à
prendre sur les lieux de l'extraction pour les conduire au bocard ou au lavoir varient nécessairement,
suivant la distance à parcourir et suivant l'état des
chemins. La moyenne du prix de transport, prise
sur plusieurs ateliers à mine, dans les contrées voisines de la Haute-Saulx et de l'Ornain, est de 0,45 c.
par kilomètre et par queue. La distance moyenne à
parcourir est de 3 kilomètres; d'après ces rapprochements, les frais de transport de la queue sont de   1 35

Les bocards et lavoirs principaux des arrondissements de Bar-le-Duc et Commercy sont situés
sur la Haute-Saulx, sur l'Ornain et ruisseaux af-
fluents, dans le val d'Ormanson, à Biencourt, à
Menaucourt, etc.

Un ouvrier bocarde 4 queues 1/2 par jour. Son
salaire est de 0,15 c. par queue de mine en terre. .   0 15

Il est des usines dans lesquelles on peut bocarder
70 queues et au-delà en 24 heures. Dix à douze
ouvriers y sont employés jour et nuit. A ces frais il
faut ajouter l'entretien et la vidange des bassins
d'épuration. On peut apprécier ces derniers et
d'autres menus frais, tels que déchargement des
voitures, entretien du parc à mine, etc., à 0,15
par queue en terre. 0 15
                                                     _____
                             Total. 2 05

Un kilolitre de minerai lavé et bocardé pèse de 15 à
1700 kilogrammes, en moyenne 1600 kilog.

La mine de bonne qualité rend de 35 à 40 p. 0 0   f. c.
de son volume environ. Il existe une si grande différence d'une minière à l'autre et, dans la même minière, d'un gissement à l'autre, qu'il est difficile de
préciser une moyenne; cependant on peut admettre
que la mine en terre rend environ 1/3 en mine lavée
et bocardée (1).

D'après ces rapprochements, les frais de revient
de la queue de mine bocardée et lavée, prise au
bocard, seraient de 6 15

Les frais de transport du bocard au fourneau
sont très-variables : quelques usines comprennent
dans leur enceinte ou très-près d'elles les bocards
et les patouillets; quelquefois ils sont éloignés de
l'usine principale de plusieurs kilomètres. Pour
quelques maîtres de forges, ces frais ne dépassent
pas 0 fr. 10 c. et 0 fr. 15 c., pour d'autres ils
s'élèvent à 2 fr. 40 c., 2 fr. 50 et 3 fr. La moyenne,
calculée sur un certain nombre d'usines, a donné
par queue.   1 80

     Total. 7 95

Les usines de la Basse–Saulx, arrondissement de Bar–
le–Duc, et d'autres placées dans le bassin de la Meuse,
arrondissement de Commercy, sont éloignées de 20 et
24 kilomètres des mines ; mais elles trouvent une com-
pensation dans la proximité des forêts et dans la diminution
du prix des bois.

En établissant une proportion entre les hauts--fourneaux
et fonderies les plus rapprochés des minières et ceux qui
en sont plus éloignés, dans les arrondissements de Bar–
le–Duc et Commercy, le prix de revient du minerai nécessaire pour obtenir une tonne de fonte est de 23 fr. 85 c.

§ 4.
**Frais généraux d'un haut-fourneau dans la Meuse, coulant
en Gueuses et en Saumons (2).**

Le tableau qui suit donnera l'état des frais généraux

---

(1) Il est des mines en terre qui ne se lavent pas : le bocardage en tient
lieu.

(2) *Gueuse :* prisme de forme triangulaire en fonte brute coulée dans le
sable.

Saumons : petites *gueuses.*

Les fontes en *saumons* sont ordinairement les plus fines.

qu'entraîne le roulement d'un haut-fourneau coulant en *gueuses* et en *saumons*.

Nous n'entendons pas donner ici l'état des frais qu'embrasserait une usine qui comprendrait un haut-fourneau et, de plus, un ou deux feux d'affinerie ou fours à puddler; nous n'entendons pas non plus parler des fonderies et fourneaux à marchandises ou à ornements; il ne s'agit ici que d'un haut-fourneau destiné à obtenir la fonte brute propre à l'affinage des fers ou à subir de nouvelles élaborations.

Les frais détaillés dans l'état qui suit sont communs, sur quelques points, à des usines qui réuniraient un haut-fourneau et des feux d'affinerie; par exemple, en ce qui concerne les appointemens d'un commis à la forge et d'un commis préposé aux exploitations, en forêt; toutefois, comme ces frais restent applicables à un haut-fourneau, considéré isolément, nous ne croyons pas devoir chercher dans quelle proportion ils pourraient être répartis entre tel ou tel genre de fabrication.

	Cours d'eau (location).	4,000
(1)	Patente, prestations pour entretien des chemins vicinaux et dégradations temporaires. . . .	420
(2)	Appointements d'un commis à la forge. . . .	900
	id. d'un commis de bois.	1,000
(3)	Un maître fondeur, à 60 fr. par mois. . . .	720
	Un sous-fondeur, à 50 fr. par mois.	600
	2 chargeurs, à 45 fr. par mois.	1,080
	1 ouvrier pour tirer la castine (4) et la casser, à 40 francs par mois.	480
	2 ouvriers, pendant 6 mois, pour relever le charbon, et le rentrer dans les halles, à 40 francs par mois.	480
	A reporter. . . .	9,680

(1) La moyenne de la patente des usines métallurgiques de la Meuse, qui sont dans le plus grand état de prospérité, est de 854 fr. 47 c., celle des hauts-fourneaux coulant en *gueuses* est de 355 fr. 17 c.

(2) Ces employés sont logés, chauffés dans l'usine. Les frais d'inventaire, estimation des coupes et voyages au loin sont payés à part (voir dans les frais généraux).

(3) Ces ouvriers sont également logés et chauffés dans l'usine, et ont une parcelle de jardin.

(4) *Castine :* pierre calcaire qu'on mélange avec le minerai pour diviser les matières et faciliter la fusion.

Report. . . .	9,680
Le décrasseur et son cheval, pour l'approvisionnement du fourneau en minerai, castine, sable, etc.	1,000
Chauffage des commis et ouvriers.	1,000
Frais de commis faisant les inventaires, chargé de suivre les exploitations et carbonisations.	800
Voyages du maître et commis.	1,000
Entretien de l'usine et réparations imprévues.	1,500
Intérêt d'une mise de fonds de 100,000 fr.	5,000
Total.	19,980

Un haut-fourneau peut fabriquer, suivant la force de sa machine soufflante, suivant la qualité des charbons et la richesse des minerais, 80 à 100,000 kilogrammes de fonte par mois, et même quelquefois jusqu'à 100,105 kilogrammes. La moyenne la plus faible est de 90,000 kilogrammes par mois.

Le roulement ordinaire d'un haut-fourneau peut être calculé sur dix mois par année ; deux mois sont nécessaires pour faire les réparations qu'exigent l'usine et les cours d'eau.

Les frais généraux calculés sur une année moyenne de dix mois, ayant produit 900,000 kilogrammes, donnent 19 fr. 98 c. par 1,000 kilogrammes. Nous admettons 20 francs dans nos calculs.

CHAPITRE IV.
Estimation des bois à charbon. (1)

Les renseignements que renferment les précédents chapitres sur les usines métallurgiques de la Meuse mettront à même les propriétaires de bois et les agents forestiers de se rendre compte, d'une manière raisonnée, de la valeur du bois à charbon ; pour y parvenir, il suffira de procéder par rapprochements des forêts aux usines où se fait la consommation.

L'estimation des bois à charbon est d'un haut intérêt

---

(1) Nous avons inséré dans les *Annales forestières* de 1843 un article sur l'estimation du bois à charbon. Notre but était alors d'indiquer la méthode que nous avons adoptée pour arriver à cette estimation et non pas de donner l'état exact de la fabrication des usines de la Meuse : on ne s'étonnera donc pas des différences qu'on pourrait remarquer entre les données que renferme l'article de 1843 et les renseignements statistiques que nous publions aujourd'hui.

puisqu'il est un grand nombre de forêts qui n'ont pas d'autres moyens de consommation que les forges.

Le prix des fontes brutes (1), c'est-à-dire la matière première destinée à subir les mille et une transformations que l'industrie lui donne, doit servir de base aux estimations des bois à charbon.

Nous avons vu que les frais généraux d'un haut-fourneau coulant en gueuses s'élèvent à 20 francs pour 1,000 kilogrammes, en moyenne ;

Que le minerai nécessaire pour obtenir la même quantité de fonte revient à 23 fr. 85 c. ;

Que 16 stères de bois à charbon sont nécessaires pour obtenir ces mêmes 1,000 kilogrammes de fonte.

	fr.	c.
Frais généraux.	20	»»
Minerai.	23	85
Si le maître de forges paie 4 francs 50 cent. le stère, il aura déboursé.	72	»»
Total de la dépense pour 1,000 kilog. .	115	85

S'il a vendu la fonte 125 fr., il aura gagné 9 fr. 15 c. par tonne. Il aura gagné sur la fabrication d'un mois (90 tonnes) 823 fr. 50 c., et pour la fabrication d'une année de dix mois 8,235 fr.

	fr.	c.
En payant le stère 6 fr., le maître de forges aura dépensé, pour 16 stères.	96	»»
Frais généraux.	20	»»
Minerai.	23	85
Total par tonne.	139	85

S'il a vendu la fonte 150 fr., il aura gagné 10 fr. 15 c. par tonne ; il aura gagné sur la fabrication d'un mois (90 tonnes) 913 fr. 50 c., et pour la fabrication d'une année de dix mois 9,135 fr.

Il faut remarquer que ce bénéfice serait tout-à-fait en dehors de l'intérêt des capitaux ainsi que de l'entretien de l'usine, des frais de voyages, des dépenses prévues ou imprévues : les frais généraux embrassent toutes ces dépenses.

Il est inutile de pousser plus loin ces calculs : il suffisait

---

(1) Les fontes brutes et les fers communs destinés à la capitale, sont, le plus souvent, conduits à Saint-Dizier, d'où on les expédie sur bateaux et sur radeaux, au prix de 20 à 25 francs par tonne. Les fers en cercle et les fers fins, qui craignent la rouille, sont ordinairement expédiés sur essieux.

2

d'indiquer la marche à suivre pour les rendre faciles à saisir.

VERRERIES.

CHAPITRE 1er.

ORIGINE DES VERRERIES DANS LA MEUSE. — LEUR NOMBRE
ET LEUR SITUATION. — ATELIERS. —
ROULEMENT. — BOIS.

Les montagnes d'Argonne s'élèvent au-dessus de la vallée de l'Aire, au couchant du département de la Meuse, et se prolongent dans celui des Ardennes au-delà de la ville de Varennes. Le village de Beaulieu, auquel se rattachent de nombreux souvenirs historiques, domine ces montagnes, au sud, comme un fort avancé défend l'approche d'une ville de guerre.

De l'autre côté des montagnes d'Argonne, après avoir traversé la forêt de Beaulieu, on rencontre, à l'ouest, dans la vallée de la Biesme, les villages de Courupt, Bellefontaine, Futeau, les Islettes, Neufour, le Claon, la Chalade, etc. La vallée étroite et profonde qu'ils occupent, était encore au 16e siècle le centre d'une vaste forêt. Les moines de Beaulieu qui la possédaient, y attirèrent les chefs d'une industrie nouvelle en leur faisant de larges concessions. L'état, bientôt, reconnut l'importance des travaux de ces nouveaux industriels et ennoblit les maîtres verriers.

Les verreries, dans la vallée de la Biesme, trouvent les éléments les plus favorables à leur prospérité : abondance de bois, abondance de sable, débouchés assurés, proximité de la Champagne dont les vins mousseux, comme on le sait, ne se transportent qu'en bouteilles.

On comptait autrefois onze verreries dans la vallée de Biesme ; aujourd'hui, le nombre est réduit à cinq, savoir : la Harazée, Four-de-Paris, Neufour, les Senades et Courupt.

Il existe encore une verrerie à Lochère, sur le versant est des montagnes d'Argonne, regardant la vallée d'Aire.

Ces verreries ne fabriquent que des verres noirs : des bouteilles, demi-bouteilles, quelques flacons et des bocaux. Deux *ouvreaux*, seulement (ateliers), de la verrerie des Senades (commune des Islettes) fabriquent des cloches en verres blancs.

Quelles sont les causes auxquelles il faut attribuer la diminution du nombre des verreries de la Biesme ? Les mêmes éléments de prospérité ont-ils cessé d'exister pour elles ? Non, sans doute, et jamais l'état d'aisance et le luxe n'ont contribué plus grandement à la consommation des bouteilles et des verres de toutes les formes; mais ces sortes d'établissements subissent les conséquences de la concurrence qui grandit en tous lieux.

D'autres usines de même nature se sont établies dans le département de la Loire et dans le Lyonnais, en Champagne, sur les lieux mêmes du débit; elles emploient la houille et même la tourbe réduite à l'état de coke (1), au lieu du bois qui leur reviendrait à un prix excessif, et luttent avec succès contre les anciens établissements. Ceux-ci, étant les seuls qui existent dans la Meuse, nous allons donner quelques détails sur leur fabrication et leur consommation.

§ 1er.

Nombre d'ateliers des Verreries.

Le nombre d'*ouvreaux* (ateliers) dans lesquels on souffle les bouteilles est toujours pair. Ce nombre varie d'une usine à l'autre, il est de quatre, de six et quelquefois plus. La verrerie de Four-de-Paris, est la seule qui n'ait que quatre *ouvreaux*. Nous admettons le chiffre six, comme étant celui qui représente, le plus souvent, le nombre d'*ouvreaux* qui existe dans les verreries de la Biesme.

§ 2.

Durée du roulement des Verreries.

Le temps du roulement des verreries est variable et subordonné au mouvement du commerce et des commandes, et celles-ci sont subordonnées au plus ou moins d'abondance des récoltes en vin et au besoin de la consommation. Les verreries sont en chômage pendant le printemps et pendant la saison des récoltes. C'est en automne et en hiver qu'elles sont en pleine activité afin de préparer des produits livrables au printemps.

La moyenne du roulement des verreries de la Biesme est

---

(1) Usines de Saint-Gand, établies sur les marais de ce nom, arrondissement de Châlons-sur-Marne.

de **165** jours. C'est d'après cette moyenne que nous établirons leur consommation annuelle (1).

§ 3.
Bois.

Les bois qu'on emploie à la fabrication du verre, dans la vallée de Biesme, proviennent, en grande partie des forêts domaniales de Beaulieu, de la Chalade, et de celles de Mgr. le duc d'Aumale. Leur diamètre est plus petit que celui des bois à charbon ordinaires. On débite ces sortes de bois dans les coupes *jusqu'au dernier bouton* (jusqu'à l'extrêmité des branches). Leur longueur varie de **48** à **54** centimètres.

Ces bois sont connus dans le pays sous les noms de *perthus* ou *billettes*.

On ne les carbonise pas, comme ceux qui sont destinés à alimenter les usines métallurgiques; mais avant d'être employés, ils sont mis à l'état de dessication dans des fours échauffés par des *ramettes* (brindrilles).

CHAPITRE II.
CONSOMMATION.
§ 1.
Matières entrant dans la fabrication. — Solde des ouvriers. — Dépenses diverses.

	fr.	c.	fr.	c.
1°—200 kilogrammes de soude de varech (2), par jour à 0 fr. 70, donnent, par année (165 jours), une consommation de 33,000 kilogrammes, coûtant	23,100	»		
2°—88 mètres cubes de pierres converties en chaux dans l'établissement, à 5 fr. le mètre, rendu, coûtent	440	»		
A reporter.	23,540	»	»	»

(1) Quand les commandes sont abondantes, les verreries font deux *tournées* : la première commence au mois d'octobre et finit en mars ; la deuxième est beaucoup plus courte : elle commence en avril et finit en juin. Pendant cette seconde tournée on fabrique les bouteilles à fruits, les bocaux et les cloches à jardin.

(2) Varech. — Plante marine des cendres de laquelle on tire la soude, de la même manière que l'on extrait la potasse des cendres du bois de nos forêts.

	fr.	c.	fr.	c.
Report	23,540	»	»	»

3°—480 kilogrammes de craie, par jour, à 0 fr. 01 le kilogramme, par année 79,200 kilogrammes, coûtant . . . .   **792 »**

4° — 50 doubles-décalitres de cendres lessivées, par jour, à 0 fr. 30 l'un, donnent, par année, 8,250 doubles-décalitres du prix de . . . .   **2,475 »**

5° — 300 mètres cubes de sable, pris à la forêt. L'extraction coûte 0 fr. 15. — Le transport s'opère par des chevaux tenant à l'établissement. (La dépense des chevaux sera comptée ultérieurement) . . . .   **45 »**

6° — 118 mètres cubes de terre grasse argileuse dont l'extraction coûte 0 fr. 25 le mètre. Le transport se fait par les chevaux appartenant à l'usine. Dépense **29 50**

} **26,881 50**

§ 2.

Combustible.

1° — 700 *ramettes* (menus fagots) par jour, à 5 fr. 50 le cent, donnent, par année, une consommation de 115,500 *ramettes* et une dépense de **6,352 50**

2° — 41 st. 35 de *perthus*, par jour, à 3 fr. 17 le stère, rendu, donnent une consommation de 6,822 stères 75 et une dépense de   **21,628 12**

3° — 990 stères menus bois provenant d'élagages et de récépages, à 2 fr. 50 l'un, rendu, coûtent . . . .   **2,475 »**

} **30,455 62**

A reporter **57,337 12**

fr.   c.

Report 57,337 12

§ 5.

Solde des ouvriers. — Détails pour un ouvreau.

	fr.	c.
1° *Le maître en bouteilles* payé à 1 fr. 50 le cent; en faisant 450 par jour, moyennement; par année de 165 jours.	1,113	75
2° *Le grand garçon*, payé à raison de 0 fr. 55 le cent de bouteilles, gagne, par année	408	37
3° *Le gamin*, payé à raison de 0 fr. 40 le cent de bouteilles, gagne, par année	297	»
4° *Le porteur*, payé à raison de 0 fr. 15 le cent, gagne	111	37
Total.	1,930	49
Pour les 6 ouvreaux	11,582	94

En plus :

1° Un commis pour la comptabilité.	1,200	»
2° Un commis de bois	600	»
3° Un magasinier.	600	»
4° Deux *carcaisiers* en bouteilles (1) à 55 fr. par mois, chacun	605	»
5° Le *friteur* (2) à 45 fr. par mois.	247	50
6° Le *fondeur* et sous-fondeur.	1,000	»
7° Quatre *tamiseurs* à 2 fr. par jour.	1,320	»
8° Trois maîtres *tiseurs* et trois *gamins*.	1,237	50
A reporter.	18,392 94	57,337 12

(1) On appelle *carcaisse* un séchoir. Il y a des *carcaissiers en bouteilles* chargés de ranger les bouteilles dans les fours, à mesure qu'elles sont soufflées; il y a des *carcaissiers en bois*, chargés de ranger les *perthus* dans les fours où ils doivent être amenés à l'état de dessication complète.

(2) Ouvrier qui remue dans un four préparé à cet effet les diverses compositions broyées et mélangées avant de les mettre dans les pots ou creusets où elles doivent entrer en fusion et donner le verre.

	fr.	c.	fr.	c.
Report.	18,392	94	57,337	12

9° Quatre *carcaisiers* en bois à 55 fr. par mois, chacun. . . . .   1,210 »

10° Trois chauffeurs de *carcaises* à 1 fr. par jour l'un. . .   495 »

11° Un *potier* confectionnant et faisant cuire les pots et creusets.   726 »

12° Un maréchal-ferrant fournissant les fers à cannes. . . . .   2,400 »

13° Un maçon à 1 fr. 50 par jour   247 50

14° Un *braisier* à 45 fr. par mois. 247 50

15° Un *cuiseur* de chaux payé à raison de 22 fr. par cuite, et faisant 7 cuites par année. . . .   154 »

16° Cinq manœuvres occupés à divers travaux. 1,237 50

               25,110 44

§ 4.
Dépenses diverses.

1° Consommation de 45 pots, moyennement, coûtant 60 fr. l'un   2,700 »

Ces pots ou creusets dans lesquels se combinent les matières vitrifiables sont formés de diverses matières réunies :

1° De terre grasse de Villy-en-Trode (1); 2° de terre de Troyes en Champagne ; 3° de terre de Normandie ; 4° de terre de Villy-en-Trode, cuite et réduite en ciment ; 5° de débris d'anciens pots ayant déjà servi et réduits en poussière.

2° Entretien de 4 chevaux, à 300 fr. l'un. . . . .   1,200 »

3° Perte de valeur annuelle des chevaux et intérêts de la première mise à 50 fr. par cheval. . . . .   200 »

A reporter. . . . .   4,100 »   82,447 56

(1) Villy-en-Trode près Bar-sur-Aube.

	fr.	c.	fr.	c.
Report.	4,100	»	82,447	56

4° Déficit dans les productions annuelles pour bris de pots et pertes de matières préparées pour la fabrication. . . . . 3,000 »

5° Frais de réparation du matériel, annuellement . . . . . 3,000 »

6° Le matériel de la verrerie étant estimé 60,000 fr., l'intérêt annuel de cette somme à 5 p 0/0 est de . . . . 3,000 »

7° Patente et indemnité pour enlèvement de sable 500 73

8° Les matières pour la fabrication du verre s'achètent au commencement de la campagne. L'intérêt de 26,852 fr. pendant 2 mois 3/4. . . . . 307 68

9° Les matières servant à la façon des pots s'achètent une année, environ, avant la réalisation de cette avance. L'intérêt de 2,700 francs pendant un an donne . . . . 135 »

10° Pour divers intérêts perdus, soit pour dépenses faites avant la vente des produits de l'usine, soit par les retards apportés à la vente de ces mêmes produits . . . . 500 »

> 14,543 41

Total	96,990	97

Tel est le chiffre qui exprime l'ensemble des frais de production des verreries de la Biesme.

CHAPITRE III.

Produit des Verreries en matières et en argent.

Chaque *ouvreau* fournit, moyennement, 450 bouteilles par jour; dans ce nombre, 300, environ, de premier choix, qui se transportent en Champagne, et valent, à la verrerie, 27 fr. le cent; 75 du 2ᵉ choix, valant 18 fr., et 75 de 3ᵉ choix, valant 15 fr. le cent.

Les deuxième et troisième choix se vendent en Lorraine.

Les 450 bouteilles produites par un *ouvreau* valent donc 105 fr. 75.

Les six *ouvreaux* donneront, par jour, un produit de 634 fr. 50.

L'usine entière produira, pendant 165 jours d'activité, la somme de 104,692 fr. 50.

La différence des recettes et des dépenses est de 7,701 fr. 53. Cette somme est le prix accordé annuellement, comme solde, à l'industrie et aux soins que donnent les maîtres de verreries de la Biesme et des environs à leurs usines.

CHAPITRE IV.

Changements et perfectionnements à introduire dans les Verreries.

D'après ce que nous avons dit dans le chapitre précédent, on doit considérer les verreries comme étant dans un état de prospérité flottante ; si l'on cherche à en connaître les causes, on s'arrêtera, en premier lieu, comme nous l'avons dit au commencement de cet article, à la concurrence et à l'augmentation des établissements industriels ; mais l'observateur le moins attentif s'étonne de l'uniformité avec laquelle ces sortes d'usines ont été construites, et surtout de l'état stationnaire dans lequel elles sont restées au milieu du mouvement général et de l'impulsion extraordinaire donnée à toutes les usines.

Les propriétaires des verreries de la Biesme paraissent n'avoir fait aucun effort pour simplifier les procédés de fabrication. Dans les usines métallurgiques, on emploie très-utilement l'air chaud à un grand nombre d'usages ; dans les verreries, on abandonne, sans profit, une grande quantité de chaleur qu'on pourrait utiliser à la dessication du bois. On pourrait peut-être employer cette chaleur et le gaz qui s'échappent des fours à calciner la pierre, et faire la chaux nécessaire à l'établissement. On pourrait l'employer encore à établir des machines à vapeur destinées à broyer, à tamiser les matières vitrifiables. On pourrait facilement établir de petits chemins de fer entre les *ouvreaux*, entre les halles et les fours de l'établissement, au moyen desquels les ouvriers transporteraient, avec beaucoup moins de peine et beaucoup moins de frais qu'à la brouette ou à dos d'homme, tous les objets de consommation, etc.

Nous nous bornerons à indiquer ici les procédés employés dans les autres usines, ayant quelqu'analogie avec les verreries. Nous demeurons bien convaincu qu'ils sont connus de MM. les directeurs et propriétaires de ces établissemens, et nous nous étonnons qu'aucun de ces procédés n'ait été mis en application ou du moins tenté. Quoiqu'il en soit, il est évident qu'il reste quelque chose à faire pour perfectionner les moyens de fabrication du verre dans la Meuse, et nous appelons de nos vœux le moment où ces moyens d'amélioration seront mis en pratique.

FAÏENCERIES.

Les villes de Clermont et de Varennes, le village de Waly et autres, placés sous le versant est des montagnes de l'Argonne, sont ceux où, dans la Meuse, il existe un plus grand nombre de faïenceries.

Le roulement moyen de ces usines commence avec la belle saison, généralement, et finit avec elle. Il est de neuf mois environ par année. Cependant il est des faïenceries qui n'interrompent leurs travaux que pendant les fortes gelées.

Les faïenceries occupent 15 ouvriers, en moyenne ; cependant il en est qui en occupent jusqu'à 30 et plus.

Elles consomment, également en moyenne, 400 stères de bois, estimé 4 fr. 50 l'un et 15,400 fagots (mieux *ramettes* ou bourrées), estimés 6 fr. le cent.

Cette consommation varie d'une manière notoire d'une usine à l'autre.

On emploie, dans les faïenceries, des bois d'une qualité inférieure, tels que les trembles, les marsaults, les bois de branchages, et ceux qu'on désigne dans le pays sous le nom de *serpillages*.

Une partie est débitée en bois de quartier ; les autres bois sont employés en rondin.

La longueur de la bûche est de $1^m,135$.

La dimension des *faguettes* est de $0^m,90$ à 1 mètre de tour, et de $1^m,20$ à $1^m,50$ de longueur.

Les ouvriers qu'on emploie dans les faïenceries sont connus, dans ces sortes d'établissements, sous les noms suivants : *tourneurs, gâcheurs, manouvriers, gamins.*

Ils gagnent : les premiers **2** fr., les seconds et troisièmes **1** fr. **50**, et les derniers **75** c. par jour.

Dans les usines les plus importantes de cette espèce, un commis est, en outre, attaché à l'établissement. Il gagne **1000** fr. par an.

Ces sortes d'établissements, vus dans leur ensemble, sont dans un état stationnaire, et parfois peu satisfaisant. La cause en est, probablement, dans la concurrence qui, là, comme partout ailleurs, est très-active, et peut-être aussi dans le peu de qualité des terres qu'on emploie à la fabrication des faïences. Ces terres, en effet, sont moins douces, moins malléables et d'une manipulation plus difficile que celles qu'on rencontre dans d'autres localités. Elles ont besoin d'être couvertes d'une couche épaisse d'émaux (**1**) pour en faire disparaître les aspérités et les imperfections, et cette dépense emporte une partie notoire des produits pécuniaires.

TUILERIES. — BRIQUETERIES.

Il existe un grand nombre de Tuileries et briqueteries dans la Meuse, notamment dans les cantons de Triaucourt et Vaubecourt (Bar-le-Duc), de Clermont et Etain (Verdun), et Damvillers (Montmédy). Elles trouvent, dans ces localités, plus abondamment que partout ailleurs, les terres argileuses et bois nécessaires à leur consommation.

Ces sortes d'usines sont généralement dans un état de prospérité qui s'explique facilement par le grand nombre de constructions qui s'élèvent de toutes parts depuis plusieurs années, et c'est là, nous aimons à le faire remarquer, une des preuves les plus manifestes de l'état de prospérité du pays.

La moyenne du roulement des tuileries et des briqueteries est de six mois.

Le nombre d'ouvriers qu'elles emploient varie de **4** à **8**.

(**1**) Les émaux se fabriquent en calcinant ensemble un mélange de **100** parties de plomb, de **15** à **50** parties d'étain ; en broyant à l'eau les oxides obtenus, puis en calcinant cette potée avec le sable et le sel marin dans une proportion donnée. Ce mélange est mis dans un creuset et chauffé dans un four jusqu'à ce qu'il éprouve une demi-vitrification.

On rend l'émail plus ou moins fusible en mélangeant dans la potée une plus ou moins grande quantité de sable. Pour colorer la vaisselle en noir violet, on se sert de manganèse et de mine de plomb grise qu'on tire d'Allemagne. La dépense de chaque fournée en émaux est de **120** fr. environ.

Leur consommation en bois est variable et subordonnée à l'importance de ces sortes d'établissements, à leur position plus ou moins rapprochée des lieux de consommation, et aux besoins plus ou moins grands des constructeurs et propriétaires de bâtimens dans la localité.

Les tuileries et briqueteries emploient de préférence les bois de qualité inférieure, les bois blancs et poreux, le tremble, le marsault, etc.

Quelques-unes ne consomment que fort peu de menus fagots, et brûlent dans les fours des bois fendus; d'autres, au contraire, ne consomment que de petits fagots ou *ramettes*, dont les dimensions ordinaires sont de 1^m de tour sur 1^m,50 de longueur. La moyenne de la consommation, prise sur soixante usines de cette nature, et pour une année d'activité, calculée par six mois, nous a donné les chiffres suivans: 250 stères, estimés 4 fr., et 11,500 menus fagots estimés 7 fr. le cent.

POTERIES.

Il existe, dans la Meuse, un assez grand nombre de poteries. Il est certains villages où quelques habitants font de cette industrie leur occupation principale.

Le nombre des ouvriers employés à gâcher les terres, à les tourner et à les cuire, est communément de deux; il arrive cependant assez fréquemment qu'il n'y ait qu'un seul ouvrier gâcheur et tourneur tout à la fois dans une poterie; cet ouvrier est en même temps l'exploitant et le marchand de ses produits.

Le roulement des poteries est de 8 mois par année, communément.

La consommation moyenne des poteries est de 30 à 40 stères, estimés 5 fr. l'un, et de 1,600 menus fagots estimés 6 fr. 50 et 7 fr.

Les bois et fagots qui sont consommés dans les poteries sont des bois blancs et autres, d'une qualité inférieure. Ces bois proviennent, le plus souvent, des coupes affouagères, et de ventes ou d'échanges que les habitants d'une même commune ou des communes voisines se font entre eux.

Les poteries, se trouvant en rivalité avec les faïenceries pour un grand nombre de produits, et les capitaux émis dans ces dernières, étant beaucoup plus considérables, il s'ensuit que les poteries ont bien peu de chances de succès, et qu'on doit les considérer comme étant une industrie tout-à-fait secondaire.

FOURS A CHAUX.

L'article 151 du code forestier veut qu'aucun four à chaux ou à plâtre, soit *temporaire*, soit *permanent*, aucune briqueterie et tuilerie ne puissent être établies dans l'intérieur et à moins d'un kilomètre des forêts, sans l'autorisation du gouvernement.

L'article 177 de l'ordonnance réglementaire du 1er août 1827, sur l'exécution du code forestier, prescrit les formalités préalables à observer pour obtenir l'autorisation royale lorsqu'il s'agit de construction de cette espèce.

Les départements (tels sont le Jura, la Côte-d'Or, la Haute-Marne, etc.) où l'on est dans l'usage de pratiquer des fosses en terre de deux à quatre mètres carrés, pour la cuisson de la chaux, sans constructions fixes et durables, ont long-temps réclamé contre l'application sévère qui était faite, en pareil cas, de l'article 151 du code forestier, et contre la lenteur de l'instruction prescrite par l'art. 177 de l'ordonnance réglementaire précité, et le décret du 15 octobre 1810.

Le 31 juillet 1841, intervint une décision ministérielle qui admit que les fosses pratiquées en terre, pour la cuisson de la chaux, *lorsqu'elles sont entièrement dépourvues de construction*, ne devaient pas être considérées comme étant des fours à chaux, et qu'elles pouvaient être établies avec autorisation des Préfets, sur la proposition du Conservateur des forêts.

Le bénéfice de cette décision ne profite pas à la Meuse : il n'existe, dans ce département, que des fours à chaux *permanents*, c'est-à-dire des constructions fixes et durables, susceptibles d'être mises en activité périodiquement.

On fabrique aussi la chaux dans les verreries, dans les tuileries et dans quelques forges. Dans ces dernières, on emploie très-utilement l'air chaud produit par les hauts-fourneaux ou par les fours à puddler.

Les cantons de Pierrefitte, Gondrecourt et Vigneulles (Commercy), et Etain (Verdun), sont ceux de la Meuse dans lesquels il existe un plus grand nombre de fours à chaux *permanents*.

Parmi ceux-ci, nous devons signaler celui qui existe à Kœur-la-Petite, près Saint-Mihiel (Commercy), comme étant le plus important de tous. On y fabrique considérablement de chaux. Sa qualité supérieure la fait rechercher et exporter au loin. Elle est conduite à Verdun (Meuse), Pont-à-Mousson, Nancy et même à Dieuze (Meurthe). Dans cette dernière ville elle est employée à la préparation des produits chimiques.

Le roulement moyen des fours à chaux est de six mois.

Le nombre d'ouvriers qu'on y emploie, pendant tout le temps qu'ils sont en activité, varie de 2 à 10; la moyenne, calculée sur un assez grand nombre d'établissements de cette nature, est de 3 ouvriers.

La consommation moyenne en bois, est de 290 stères, du prix de 6 fr. l'un, et de 16,750 fagots, du prix de 8 fr. 20 c.

Les bois blancs et poreux, les bois de branchages et les bois de qualité inférieure sont ceux qu'on emploie généralement à la cuisson de la chaux.

Les fagots qu'on consomme dans les fours, se composent de cimeaux et de brindilles. Ces fagots ont 90 centimètres, et 1 mètre de tour, et 1 mètre 20 centimètres à 1 mètre 50 centimères de longueur. Ils sont connus sous les noms de *ramettes* et *fagotins* (mieux bourrées).

ÉQUARRISSAGE.

Les arbres en grume, soit qu'on les destine à la charpente et aux constructions, soit à être convertis en bois d'œuvre, doivent être équarris à la hache ou à la scie avant d'être employés.

Les ouvriers qui équarrissent les bois sont connus sous le nom d'*écarreurs*.

Ils gagnent 0 fr. 20 et quelquefois 0 fr. 25 par décistère quand ils équarrissent des arbres de forte dimension, des arbres, par exemple, portant $0^m,333$ d'équarrissage et au-dessus.

Ils gagnent 4 à 5 f. par $33^m,33$ (100 pieds courants), quand ils équarrissent des arbres de $0^m,222$ à $0^m,250$ (8 à 9 pouces), et 3 francs pour $33^m,33$ courants pour les arbres au-dessous de cette dimension, soit 0 fr. 03 par $0^m,333$ (1 pied).

Quand les arbres de cette dernière dimension sont équarris à la scie, le prix s'élève à 0 fr. 04 et 0 fr. 05 par 0ᵐ,333.

SCIAGE.

Les futaies, chêne, de la Meuse se débitent, en grande partie, en sciage destiné à l'approvisionnement de la capitale.

Le sciage est, d'abord, conduit à St-Dizier ou sur les ports de la Meuse, de la Saulx et de l'Ornain, puis il est dirigé sur Paris et ses environs par la voie du flottage.

Le tableau qui suit donnera les dénominations et les dimensions des différentes espèces de sciage qui entrent dans le commerce.

DÉNOMINA- TIONS.	LON- GUEUR	LARGEUR.	ÉPAIS- SEUR.	Observations.
Entrevous.	1 ᵐ 50 à 4 m.	0ᵐ,250 (9 pouc.)	0ᵐ,028 (1 pouce)	On scie sur 0ᵐ,050 (13 l.) pour obtenir 0ᵐ,028 (12 lig.), le trait de scie enlève 0ᵐ,002.
»	»	»	»	
Echantillon	Idem.	Idem.	0ᵐ,042 (18 lign.)	On scie sur 0ᵐ,044 (19 l.) pour obtenir 0ᵐ,042 (18 l.) La valeur de l'échantillon
»	»	»	»	est de 1/2 environ en sus de celle de
»	»	»	»	l'entrevous : si l'entrevous se vend 100
»	»	»	»	fr., l'échantillon se vendra 140 à 150.
Membrures.	2ᵐ à 4	0ᵐ,167 (6 pouc.)	0ᵐ,083 (3 pouc.)	Un lot d'échantillon doit contenir 8 à 10
»	»	»	»	m. de membrures au 100 de mèt. Ces
»	»	»	»	membrures font partie intégrale du lot;
»	»	»	»	plus il entre de membrures dans un lot,
»	»	»	»	plus il est recherché.
Membrettes	1 ᵐ 50 à 4 m.	0ᵐ,167 (6 pouc.)	0ᵐ,056 (2 pouc.)	La membrette se vend avec l'entrevous.
»				»
Doublette.	2 ᵐ 50 à 4 m.	0ᵐ,333 (12 pou.)	0ᵐ,063 (27 lign.)	La doublette devrait comporter 0ᵐ,070 (30 lignes), mais elle n'a en réalité que
»	»	»	»	0ᵐ,063.Elle est prise dans les meilleures
»	»	»	»	troncs. Elle se vend avec l'échantil-
»	»	»	»	lon. 1 mètre de doublette équivaut à 2
»	»	»	»	mètres d'échantillon.
Chevron ou quartelage.	1 ᵐ 50 à 4 m.	0ᵐ,083 à 0ᵐ,111 (3 po.1/2)	0ᵐ,083 à 0ᵐ,111 (3 po.1/2)	Le quartelage se vend avec l'entrevous. Cette espèce de sciage est très-peu en faveur.
»	»	»	»	»
Gros battant	4 à 6ᵐ	0ᵐ,333 (1 pied.)	0ᵐ,111 à 0ᵐ,139 (4 à 5 po.)	»
»	»	»		»
»	»	»		»
Petit battant	3 à 6ᵐ	0ᵐ,250 (9 pouc.)	0ᵐ,083 à 0ᵐ,097 (3 pouces à 3 p. 1/2)	»
»	»	»		»
»	»	»		»

Le sciage de 100 mètres courants d'*entrevous* et d'*échan-tillon* produit, en outre, 33 p. 0/0 (1/3), en sus de *dosses* (1) et *quantiberts* (2), de la valeur de 6 à 7 fr., et 0 stère 50 d'écailles de celle de 1 fr. 50, environ.

Les scieurs de long gagnent 6 et 6 fr. 50 par 100 mètres de sciages assortis, y compris les *membrures* qui en font partie, et les *dosses* qui en proviennent.

Pour obtenir 100 mètres assortis d'*entrevous*, il faut 6 décistères au 5ᵉ déduit (cubage du Barrois).

Pour obtenir 100 mètres courants d'*échantillon*, il faut 9 décistères cubés également au 5ᵉ déduit.

Nous donnerons au chapitre sur le flottage les prix moyens de transport par terre; pour ne pas y renvoyer nos lecteurs, nous les produisons ici:

100 mètres courants d'*échantillon*, pris en forêt et conduits aux chantiers, ports ou dépôts, coûtent, pour frais de transport, et par kilomètre:

$$0 \text{ fr. } 40 \text{ à } 0 \text{ fr. } 45$$
Idem. 100 m. d'*entrevous* $0 \quad 30 \quad » \quad »$ } en moyenne.

Le plus ou moins de difficulté de la vidange, à la sortie des coupes, et des chemins à parcourir avant de toucher aux grandes routes, détermine les frais de traction.

Dès que les sciages ont atteint les chantiers, ports ou grandes routes, ces frais diminuent dans les proportions suivantes:

100 mètres courants d'*échantillon*, par kil. . . . 0 fr. 15
    Idem.   *entrevous*. 0   10

Sur ce prix, les voituriers doivent une fourniture de 4 p. 0/0; à ces frais il faut ajouter, pour commission, et par 100 mètres courants. . . . . 1 fr.
pour faux-frais et avaries, environ. . . 0   50 à 0 f. 75
puis les intérêts de la mise de fonds à 10 ou 12 mois de termes (vente ordinaire du sciage).

C'est d'après ces données que le commerce fait l'esti-mation du bois de sciage, et qu'il le vend.

Le prix du bois de cette espèce s'est élevé extraordi-nairement à la fin de 1845. L'*entrevous*, rendu à Saint-

---

(1) Dernière planche d'une tronce, de longueur, largeur et épaisseur irrégulières, et comprenant le flache; elle n'entre pas dans la livraison d'un lot de sciage.

(2) On donne ce nom en Lorraine aux quartelages rebuts, provenant des côtés des tronces. Le *quantibert* se vend avec les *dosses*.

Dizier, s'est vendu 65 à 70 fr. (100 mètres courants), et l'*échantillon* de 90 à 95 fr., avec fourniture de 10 au 100 et dix mois de terme ; ces prix ont peu varié depuis.

On peut, sans avoir la prétention de prophétiser, prédire que la diminution déplorable des futaies, les grandes entreprises à la tête desquelles figurent les chemins de fer, et les besoins de l'industrie qui accroissent avec l'état d'aisance du pays, doivent élever, avant peu, le prix des bois de chêne, quelle que soit la transformation qu'ils subissent, à un taux qui dépassera les prévisions ; en un mot, il y aura pénurie de futaies chêne.

SCIERIES.

PLACAGES. — FEUILLETS.

Nous avons parlé des bois de sciages que les *écarreurs* et les scieurs de long débitent en forêt ; il nous reste à parler de ceux qui se débitent dans les scieries.

Il existe un assez grand nombre de scieries hydrauliques dans la Meuse, nous n'en connaissons aucune qui soit mue par la vapeur.

Les principales scieries sont établies sur la Meuse et l'Ornain.

Sur la Meuse on remarque celle de Charny, Dun et Stenay ; ces dernières méritent une mention particulière, elles sont mues par un cours d'eau puissant ; elles sont voisines de vastes et riches forêts, situées dans l'arrondissement de Montmédy et notamment de celles qui appartiennent à Mgr. le duc d'Aumale ; à ces avantages elles réunissent celui d'être habilement dirigées par le propriétaire de ce bel établissement.

Le propriétaire du haut-fourneau, commune de Billy, a monté, en 1845, des scies hydrauliques qui sont très-avantageusement situées au centre de riches forêts qui existent dans les cantons de Damvillers et de Spincourt, et notamment de la forêt domaniale de Mangiennes.

Les principales scieries de l'Ornain sont situées à Gondrecourt et à Venise, près Bar-le-Duc.

Tout le monde connaît la manière dont les scies verticales et les scies circulaires fonctionnent ; les premières servent à débiter les bois en planches, en quartelages et en gros ouvrages de menuiserie destinés aux constructions et décorations intérieures des habitations; les secondes servent à débiter les bois destinés aux ouvrages de menuiserie plus fins, tels que plinthes, cymaises, liteaux, planchettes, etc.

Elles servent aussi à préparer quelques-uns des bois qu'emploient les ébénistes, les carrossiers, les fabricants de billards, etc.

Les détails dans lesquels nous sommes entré au chapitre que nous avons donné sur les sciages faits en forêts, nous dispensent de parler de ceux qui se font dans les scieries au moyen des scies verticales, les bois se débitent de la même manière en planches dites *entrevous*, *échantillon*, *membrures*, etc.; mais il est une industrie récente qui mérite une attention particulière, c'est celle qui concerne l'emploi du chêne et autres bois en *feuillets* et *placages*.

Le bois de sciage connu dans le commerce sous la dénomination de *feuillet* comporte plusieurs dimensions.

On fait du *feuillet* de 0^m,07 à 0^m,09 d'épaisseur (3 à 4 l.) sur une largeur variable.

Pour obtenir 100 mètres courants de *feuillets* de cette dimension, il faut 0st,25 de bois de chêne.

Les 100 mètres courants se vendent, à Paris, 35 à 40 fr., réduits (1) à 0^m,25 de largeur (octroi payé) avec fourniture de 4 au cent. La même quantité se vend, dans la scierie, 25 à 30 francs.

On fait encore du *feuillet* de 0^m,01 d'épaisseur sur une largeur variable, pour l'ébénisterie de Paris. Les 100 mètres courants se vendent 45 à 50 fr., rendus à Paris.

Enfin, on fabrique du *feuillet* de 0^m,16 d'épaisseur, cette espèce de sciage sert à plaquer les côtés de tiroirs des meubles, il est connu par le commerce de Paris sous la dénomination de *côtés de tiroirs*.

On débite encore les bois de chêne en placage de 0^m,002 d'épaisseur (1 ligne).

Ce placage comporte 0^m,33 de largeur en bois de quartier scié sur maille.

Il sert à plaquer les meubles d'acajou et autres bois exotiques, à l'intérieur.

---

(1) *Réduits.* Voici l'explication de ce mot : Si le *feuillet* comporte 0^m,30 de largeur, par exemple, les 0^m,05 qui entrent dans la fourniture du lot vendu.

Il se vend 0 fr. 15 c. le mètre courant (6 sous la toise), rendu à Paris.

Avec un décistère on peut faire 160 à 180 mètres courants de placage.

Enfin, on fait du placage qui ne comporte qu'un 1/2 millimètre d'épaisseur, en moyenne, sur une largeur variable de 0^m,15 à 0^m,70 ; cette espèce de placage se vend aux menuisiers et ébénistes du pays.

On emploie à cet usage le noyer, le frêne, l'alizier, le sorbier, et quelquefois certains érables.

Le prix des bois indigènes destinés au placage des meubles est très-variable, les nuances plus ou moins belles que donnent les bois en déterminent le prix.

Il arrive bien souvent qu'une tronce ne donne de belles nuances qu'à 0^m,06 ou 0^m,08 d'épaisseur ; le placage, alors, provenant de cette tronce équivaut à la valeur totale de la tronce et aux frais de sciage ; les placages qui ne sont pas nuancés ont très-peu de valeur comparativement.

Les différents placages qui se font avec le chêne doivent être du premier choix et sciés sur maille (1).

Les *feuillets* s'expédient sur Paris par terre jusqu'à Saint-Dizier, et de là, par bateau.

On expédie aussi des *feuillets* par le flottage, parce que certaines industries emploient le bois flotté de préférence ; d'autres au contraire demandent des bois neufs (2).

Le placage s'expédie toujours par voiture.

Les bois employés à faire des *feuillets* ou du placage, proviennent principalement de la partie est du département de la Meuse, dite la Woëvre, qui s'étend jusqu'à la Moselle et la Meurthe.

FLOTTAGE.

Les bois d'œuvre et de charpente qui proviennent des forêts de la Meuse sont expédiés sur Paris et ses environs par la voie du flottage ; cependant, les bois de sciage connus

---

(1) Le bois *maillé* est celui dans lequel on remarque des veines ou des espèces de nervures qui apparaissent par taches rousses sur le chêne ; les ouvriers remarquent que les bois *maillés* ne se tourmentent pas comme les bois qui ne le sont pas, et qu'il n'est pas à craindre qu'ils se fendent et se gercent par suite des influences météoriques.

(2) Dans le commerce, le *bois neuf* est celui qui n'est pas flotté.

dans le commerce sous la dénomination de *placages* et *feuillets* s'expédient par bateaux et sur essieux.

La consommation locale absorbe une très-petite partie des bois d'œuvre et de construction que produisent les forêts de la Meuse.

Le flottage de ces sortes de bois s'opère par la Marne, la Saulx, l'Ornain et la Meuse.

La première de ces voies de navigation appartient au département de la Haute-Marne, la seconde à celui de la Marne, les autres ont leurs cours dans la Meuse.

FLOTTAGE SUR LA MARNE.

Comment se compose un train. — Distances. — Pesanteur des bois. — Frais par eau et par terre.

La ville de Saint-Dizier est l'entrepôt principal des bois d'œuvre et de charpente que le commerce expédie sur Paris et ses environs.

Son port fournit les 3/4 de la consommation de la capitale en bois de sciage.

La ville de Saint-Dizier est située à 24 kilomètres de celle de Bar-le-Duc et n'est pas éloignée de plus de 6 kilomètres de la limite du département de la Meuse, au sud.

On évalue à 6 millions de mètres courants, par année moyenne, les bois de sciage, chêne, que la Meuse, la Haute-Marne, la Marne et les départements voisins expédient sur Paris et ses environs, par le flottage de la Marne, et à deux millions et plus ceux de sapins expédiés par la même voie. Les bois de cette dernière espèce proviennent du département des Vosges.

Les bois de charpente, chêne, flottés sur la Marne sont évalués de 65 à 70,000 décistères, par année, et ceux de sapins de 12 à 15,000 décistères. Dans ce nombre sont compris les petits bois de charpente, des essences chêne et sapin, servant de *gardes* aux trains composés de sciage.

On flotte sur la Marne en trains ou radeaux.

Un train se compose de huit *parts*. Une *part* se compose de 3, 4 et 5 coupons.

Quand on flotte du chêne, les dimensions des *parts* et coupons sont variables : elles dépendent de la longueur de la planche.

Un train de chêne se compose le plus communément de huit *parts* renfermant, chacune, cinq *coupons*.

Chaque *part* comporte 19 à 20 mètres, ce qui fait qu'un train de huit *parts*, de 35 à 40 *coupons*, comporte 150 à 160 mètres de longueur.

Un train contient 35 à 40,000 mètres *d'entrevous* (1), 25 à 30 mètres *d'échantillon* (2) et 2,000 à 2,500 décis-tères de charpente (3).

Quand les *parts* sont petites, on les désigne sous le nom de *nageuses*. Elles sont soutenues par des tonneaux vides.

Il y a, dans chaque train, une, deux, trois *nageuses* et quelquefois un plus grand nombre.

Un train *brellé* (4) de basses eaux contient presqu'autant de bois qu'un train *brellé* de hautes eaux, parce qu'alors on a soin de faire le train plus long afin qu'il tire moins d'eau.

La distance à parcourir, par eau, de Saint–Dizier à Paris, est de 376 k. 600, y compris 3 kilomètres depuis la *bosse* de la Marne à Paris; elle est de 209 kilomètres par terre (5).

Pour rendre 100 mètres courants *d'échantillon*, par eau, à Paris ou ses environs, les frais sont de 6 fr., soit 0 fr. 0159 par kilomètre. Les mêmes frais, pour 100 mètres courants *d'entrevous*, sont de 4 fr., soit 0 fr. 0106. Ces frais diminuent dans une faible proportion lorsque les bois à flotter ont une destination plus rapprochée, la construction des trains et la dépense à faire pour *harts*, *rouettes*, *harpillons*, etc., étant la même pour une navigation plus ou moins longue.

Les frais de transport pour le flottage du sapin sont presque nuls, les trains qui se composent de ces bois

---

(1) L'entrevous n'est autre chose que la planche ordinaire, il comporte 0^m,250 (9 pouces) de largeur et 0^m,028 (12 lignes) d'épaisseur, sur 1 mètre 50 à 4 mètres de longueur.

(2) Dans d'autres provinces que la Lorraine, bois d'épaisseur, il comporte 1 mètre 50 à 4 mètres de longueur, 0^m,250 (9 pouces) de largeur, et 0^m,042 (18 lignes) d'épaisseur.

(3) Le sciage ne se compte jamais en mètres cubes, mais bien en mètres courants, les bois de charpente se comptent par décistères.

(4) Une *brelle* est un assemblage de bois en radeau, de là on dit *breller* pour flotter.

(5) Le chemin des bateaux n'est que de 312 kil. 600, à raison des dérivations qui existent de Couvrot à Dizy, de Meaux à Chalifer et de Join-ville-le-Pont à Saint-Maur.

résineux et légers sont utilisés par le commerce pour transporter à Paris les fers communs et les fontes (1).

On charge 60 à 80,000 kilogrammes de fer et de fonte sur chaque train de sapin, suivant la hauteur de l'eau.

Le prix de transport, par tonne, est de 20 à 25 fr. (2); de sorte qu'un train de sapins portant 75 tonnes de fonte ou de fer, à 20 fr. la tonne, rend au marinier 1500 fr.; par ces motifs, 200 mètres courants de sapin ne coûtent guère que 1 fr. 50 à rendre à Paris.

La pesanteur spécifique des bois d'une même essence varie d'une manière notoire suivant la nature des terrains sur lesquels ils ont crû et la quantité d'eau qu'ils contiennent; par cette cause, l'état hygrométrique des bois de la plaine humide de la Woëvre doit être bien différent de celui des bois provenant des forêts calcaires qui couronnent les hauteurs voisines des villes de Verdun, de Commercy ·et de Bar-le-Duc.

L'état de dessication des bois est subordonné au temps qui s'est écoulé depuis leur coupe.

Il existe une grande différence dans la pesanteur des tronces prises dans le même arbre : plus les tronces se rapprochent des racines, plus elles ont de densité et de poids.

Un mètre cube de chêne-rouvre, vert, pèse 1180 kilogrammes au moment de l'abatage, mais lorsque les bois sont secs, après cinq ou six années d'exploitation, ce poids est réduit à 820 kilogrammes.

Un mètre cube de chêne pédonculé (chêne blanc) pèse 1100 kilogrammes, au moment de l'exploitation; mais, étant sec, il ne pèse plus que 750 kilogrammes.

Dans le commerce, à Saint-Dizier, on admet généralement que le chêne à œuvrer pèse 900 kilogrammes, en grume, après trois ou quatre mois d'exploitation et 1000 kilogrammes quand il est équarri.

Cent mètres courants de planches (*entrevous*) de chêne pèsent 1000 à 1200 kilogrammes; ce poids varie suivant l'état de dessication des planches.

Le sapin, après trois ou quatre mois d'exploitation,

---

(1) Les fers fins et qui craignent la rouille sont ordinairement expédiés par terre.

(2) Ce prix, par terrre, est de 30 à 32 fr. 50 par tonne, soit 0 fr. 15 par kilomètre.

pèse 650 kilogrammes. Une planche de sapin de 4 mètres de longueur 0ᵐ,250 de largeur et 0ᵐ,028 d'épaisseur pèse 11 kilogrammes, en moyenne.

La tonne de chêne coûte 11 à 13 fr. de transport de Saint-Dizier à Paris, soit **12** francs en moyenne.

L'expérience a démontré que les eaux de la Marne améliorent les bois flottés. Elles hâtent, pour ainsi dire, leur maturité et les disposent à être mis en œuvre plus tôt.

Les droits de navigation de Saint-Dizier à Paris s'élèvent à 60 fr. pour un train de chêne contenant **25,000** mètres *d'échantillon* et **35** à **40,000** mètres *d'entrevous*, soit 0 fr. **24** par 100 mètres courants *d'échantillon*, et 0 fr. 16 à 0 fr. 17, à peu près, par 100 mètres *d'entrevous*.

Un train contenant 160 stères cubes de charpente paie 60 fr. de droits, soit 0 fr. 375 par stère cube.

Un train de sapin chargé de 70 à 80,000 kilogrammes de fonte et de fer paie 100 fr. de droits de navigation (1).

De ce qui précède, il appert que les frais de transport de 100 mètres courants *d'échantillon*, à rendre de Saint-Dizier à Paris, s'élèvent, y compris les droits de navigation, à. . . . . 6 f. 24 c.

Pour 100 mètres *d'entrevous*, de. . . 4 16 à 4 17

Soit, par kilomètre, pour *échantillon*, à. 0 015

  Idem, pour *entrevous*, à. 0 010

Un stère cube de charpente, pesant une tonne, coûte, tant pour flottage que pour droits de navigation, de Saint-Dizier à Paris. . . . . 12 f. 375

Soit, par kilomètre. . . , ... 0 031

Comparons ces frais à ceux qu'entraîne la traction des bois par voie de terre.

Il est d'usage de payer les voituriers par 0/0 de mètres courants, pour le transport du sciage, et par solive (décist.) pour les bois de charpente.

Le prix de transport d'un stère cube de bois de char-

---

(1) Par ordonnance royale du 27 octobre 1827, les droits de navigation ont été réglés uniformément à la remonte et à la descente, par tonneau et par distance; ces droits, pour la Marne, la Meuse, la Saulx et l'Ornain, sont tarifés à 0 fr. 02, par décastère et par distance de 10 kilomètres.

Le commerce laisse les droits de navigation à la charge des mariniers.

Par ordonnance royale du 16 juillet 1845, la régie des impôts indirects perçoit 4 fr. 50 pour chaque *part* de bois de sciage provenant de la Marne, dont 1 fr. 50 à l'arrivée aux gares de Bercy et d'Ivry, et 3 fr. à la sortie des dites gares.

pente , chêne , à prendre dans les coupes , et à rendre à St-Dizier, est , par kilomètre, de. . . . . . . 0 f. 50

    Par 100 mètres cour. d'*échantillon* il est de   0   40 à 45

    Et par 100 mètres courants d'*entrevous*. .   0   30

    Sur ce prix , les voituriers doivent une fourniture de 4 p. 0/0 : c'est un usage à peu près généralement adopté; mais, dès que ces bois ont pu toucher aux ports, chantiers ou dépôts qui aboutissent sur les grandes routes, telles sont celles de Bar-le-Duc à Saint-Dizier, de Ligny et de Joinville à la même ville, ils diminuent dans les proportions suivantes :

    Par stère cube de charpente , chêne , et

        par kilomètre. . . . . 0 f. 30 à 0 f. 35

    Par 100 mètres cubes cour. d'*échantillon*. 0   15

    Par 100 mètres courants d'*entrevous*. . 0   10

    Par 100 mètres de sapin. 0   05

D'après ces rapprochements sur les frais de traction et de locomotion des bois par terre et par eau, on peut apprécier, avec justesse, combien il importe au commerce , à la prospérité nationale et aux intérêts du trésor, d'améliorer les cours d'eau qui peuvent être utilisés pour approvisionner la capitale , nos chantiers maritimes et nos villes de guerre et de commerce.

FLOTTAGE DE L'ORNAIN.

    Une ordonnance du Roi , à la date du 10 juillet 1835, rendue en exécution des art. 1 et 3 de la loi du 15 avril 1829, sur la pêche fluviale, a classé l'Ornain au nombre des rivières flottables en trains depuis Bar-le-Duc jusqu'à la limite du département de la Meuse , ainsi que le canal de Revigny, dérivation de l'Ornain, sur tout son cours dans le département.

    Le cours de cette rivière , à partir de Bar-le-Duc, où il commence à être flottable, aux limites du département, est de 26 kil. 551 en suivant les dérivations parcourues par le flottage.

    Le volume des eaux de l'Ornain ne permet pas de flotter en toute saison , le flottage n'est praticable que pendant quatre mois de l'année, environ ; les mois d'avril, mai, septembre et octobre , sont les plus favorables au flottage ; les eaux de l'Ornain croissent et s'abaissent promptement, le flottage n'est possible que dans les eaux moyennes : de hautes eaux, le cours de la rivière est trop rapide et les mariniers ne pourraient diriger les trains et éviter les chocs dans les portières et écluses des moulins; de basses eaux, les trains seraient engravés dans les bas-fonds.

On ne brelle plus à Bar-le-Duc que pour l'approvisionnement de Châlons, Vitry, Epernay (Marne) et la Champagne; les trains ne vont pas jusqu'à Paris. Nous avons dit, en parlant du flottage de la Marne, que les trains de sapins qui partent de Saint-Dizier sont rendus à Paris à peu de frais et quelquefois sans frais, parce qu'ils servent à transporter les fontes et les fers communs. Ces trains, chargés de productions métallurgiques, ne s'arrêtent pas avant destination, et c'est l'Ornain qui fournit, en partie, la consommation de la Champagne en bois de sapin venant des Vosges. Mais, de ce que les bois de cette espèce sont rendus à Paris sans frais, il s'en suit que le commerce de Bar-le-Duc a intérêt à faire conduire, par voiture, les sapins qui arrivent des Vosges, afin de les faire flotter sur Paris en trains chargés de fonte et de fer.

Les mariniers de Saint-Dizier conduisent quelquefois deux *parts* de sapins, sans frais, jusqu'à Châlons et Epernay. Ils chargent sur ces deux *parts* 12 à 15,000 kilogrammes de fonte ou de fer ; ils déchargent ces marchandises quand elles sont arrivées à Châlons, et là, le train étant en grandes eaux, ils les rechargent sur les autres parties du train, pour être conduites à Paris.

On brelle sur l'Ornain 100,000 mètres courants de planches de sapin, environ, venant des Vosges et 1,500 à 2,000 décistères de charpente de même essence.

On ne flotte pas de bois de chêne aujourd'hui sur l'Ornain.

Une *brelle* ordinaire (train) sur l'Ornain, contient 1,250 planches de sapin de 4 mètres de longueur 0^m,27 de largeur et 0^m,027 d'épaisseur ; la *brelle* contient donc, en tout, 5,000 mètres courants.

Le prix de 100 mètres courants de planches de sapin, à rendre de Bar-le-Duc à Châlons, est de 2 francs, en moyenne.

Le prix d'un stère cube de charpente de sapin à rendre à la même ville ou dans les environs, est de 6 fr. à 7 fr. 50 c.

Les droits de navigation se paient à Vitry (Marne), ils sont les mêmes que sur la Marne (0 fr. 02 par décastère et par myriamètre).

Dès que le canal de la Marne au Rhin sera terminé, le port de Bar-le-Duc, qui depuis quelques années a beaucoup perdu de son activité, se trouvera à peu près ruiné; en effet, les sapins des Vosges qui arrivaient à ce port sur essieux, seront, probablement, conduits à Toul (Meurthe) où ils seront transportés par bateaux, cette voie étant beaucoup plus économique.

FLOTTAGE SUR LA SAULX.

La Saulx n'est pas flottable sur le département de la Meuse ; elle commence à le devenir à partir d'Estrepy (Marne). De ce point jusqu'à l'embouchure dans la Marne, entre Vitry et Couvrot, le cours de la Saulx est de 42 kilomètres 830.

Le commerce expédie par cette voie d'eau, pour Paris et les environs, 4 à 500,000 mètres courants, environ, d'*échantillon* et d'*entrevous*.

Ces bois partent, en train, du port de Parny ;

Ils proviennent, en grande partie, des forêts de la Marne et de quelques forêts de la Meuse voisines de ce département.

On ne *brelle* sur la Saulx, comme sur l'Ornain, que dans les eaux moyennes.

Le flottage sur la Saulx se fait à peu près dans les mêmes conditions que celui de l'Ornain.

FLOTTAGE ET NAVIGATION SUR LA MEUSE.

Une ordonnance royale du 10 juillet 1835, rendue en exécution de la loi du 15 avril 1829, sur la pêche fluviale, a déclaré la Meuse flottable et navigable à partir de Verdun, au-dessous des fortifications de cette ville, jusqu'aux limites du département auquel ce fleuve donne son nom.

Le cours de la Meuse, en aval de Verdun, jusqu'aux limites du département est de (1). 85k.840

On compte 7 pertuis (2) dans la partie navi-

A reporter. 85k.840

---

(1) Le cours de la Meuse, en amont de Verdun, partie non flottable ni navigable, jusqu'au département des Vosges, est de 135 kilomètres, environ.

(2) Ouvertures dans les digues pour laisser passer les bateaux et les radeaux.

Report. . . . . 85 k . 840

gable et flottable de la Meuse, ceux de Charny et de Dun sont difficiles à franchir, et pour éviter les accidents, les bateliers doivent être bien exercés et ont besoin de toute leur présence d'esprit pour imprimer une direction favorable aux bateaux et surtout aux trains lancés avec rapidité par les eaux dans ces passages étroits.

Il existe cinq ports sur la Meuse, depuis Verdun aux limites du département : Ceux de Verdun (faubourg de la Galavaude), de Bras, Vilosne, Dun et Stenay. Ce dernier est le plus important. Les trains qui partent du port de Stenay sont plus longs et ont plus de hauteur que ceux qui sortent des autres ports; cela résulte de ce que le volume des eaux est plus considérable et de ce que les mariniers n'ont plus à franchir de pertuis.

La Meuse entre dans les Ardennes au-dessous de Pouilly. A partir de ce point à Sedan son cours est de. 35   750

De Sedan à l'embouchure du canal des Ardennes, entre Donchery et Domlemenil, il est de   17   323

Total. 138   913

Au-dessus de Sedan, entre Glaize et Vilette, on a ouvert un canal de dérivation qui abrège de.   6 k . 266

Reste. 132   647

Le canal des Ardennes, la rivière d'Aisne, canalisée, et autres cours d'eau qui font suite au canal des Ardennes, ont un développement de. . . .- . . . . 302 k . 567

Le total de la navigation de Verdun à Pontoise est de. 435   214

Quand les trains qui suivent cette voie de navigation sont arrivés à Pontoise, on les démonte, on les empile en piles *claires*. Ils restent dans cet état pendant six mois, plus ou moins, jusqu'à ce qu'ils aient atteint un certain degré de dessication, puis ils sont conduits à Paris.

Les bois flottés sont, le plus souvent, achetés à Pontoise, sur le port, pour le commerce de la capitale.

Les bois de charpente et de marine sont dirigés de Pontoise sur Rouen et le Hàvre.

Les bois de marine et de charpente qui descendent la Meuse, sont conduits par bateaux. Il est très-peu d'exceptions à cet égard. Il en est de même des bois de sapin. Ceux-ci proviennent des Vosges et sont en petit nombre. Les bois de charpente de petite dimension servent de *gardes* aux trains composés de planches.

On ne flotte pas de bois verts sur la Meuse, le trajet de Verdun et des autres ports à Pontoise est long; les bois prennent du poids pendant le voyage; ils couleraient s'ils n'avaient pas atteint un certain degré de dessication.

Pour faciliter le flottage, le premier coupon, en tête d'un train, reçoit un tonneau vide dans une ouverture ménagée à dessein. Les mariniers le nomment le *capitaine*. On place aussi un second tonneau en arrière du dernier coupon.

On flotte, à la descente, sur la Meuse, 700,000 mètres courants de sciage environ, 2,000 décistères de bois de marine et 3,000 décistères, environ, de charpente, provenant des bois de Mgr. le duc d'Aumale et des forêts de l'arrondissement de Montmédy et de celui de Verdun. Il part 300,000 mètres, année commune, du port de Stenay et 3,000 décistères de charpente ou de marine.

Les bureaux de navigation établis à Verdun et à Stenay enregistrent de 135 à 140 tonnes, année moyenne, de bois importés à la remonte de la Meuse. Ces bois proviennent en grande partie de l'étranger et sont destinés à la menuiserie, ébénisterie et à la marqueterie. Un train ordinaire, sur la Meuse, se compose de quatre coupons; il est cependant des trains de 6, 7 et 8 coupons. Ceux-ci, lorsqu'ils arrivent au canal des Ardennes, sont divisés afin de former une *éclusée :* les écluses n'ayant que 33 mètres 33 cent. de longueur, les trains qui dépasseraient cette mesure ne pourraient y entrer.

Le poids d'un coupon de planches est égal au chargement ordinaire de six bons chevaux de trait.

Il faut, pour la composition d'un coupon, 4 décistères de charpente pour *gardes* (1), 4 perches de 8 mètres de

_____

(1) Les *gardes* sont des pièces de petite charpente placées sur les côtés des trains, afin d'éviter qu'ils ne se brisent et ne se séparent dans les chocs qu'ils éprouvent dans les portières, pertuis, écluses, ponts et sur les sables.

longueur, 6 traverses de 3^m,50 aussi de longueur, et
144 *chapelets* (1) ou harts dont la longueur est en rapport
avec la hauteur des coupons.

Cette hauteur, en basses eaux, est celle que donne
douze planches (échantillon) de 0^m,042 d'épaisseur chacune, et de 0^m,250 de largeur ; elle est portée à 15 et 16
planches de même dimension quand les eaux sont favorables au flottage.

On empile dix planches en largeur sur le derrière du
train et neuf sur le devant. Cette largeur est moindre sur le
devant que sur le derrière du train, afin de faciliter le pas-
sage des portières marinières, des pertuis et des écluses.

Un train ordinaire de quatre coupons contient 4 à 6,000
mètres courants de planches dites *échantillon*, suivant que
les eaux sont plus ou moins favorables au flottage.

Un train de quatre coupons, composé de planches dites
entrevous, contient 5,600 mètres courants, en moyenne.

A Stenay, les trains sont plus forts. Les coupons ont la
même largeur qu'à Verdun, mais leur longueur est de 10
mètres 75 au lieu de 8, et la hauteur est égale à celle que
donnent 17 à 18 planches *échantillon*.

Le prix de transport de 100 mètres courants d'*entrevous*,
à flotter de Verdun à Pontoise, est de 9 francs.

Il est de 12 francs pour la même quantité d'*échantillon*
à rendre à la même destination. Ces prix diminuent d'un
dixième, environ, quand les trains partent de Vilosne ou
de Stenay (2).

Les droits de navigation sont les mêmes sur la Meuse que
sur la Marne, la Saulx et l'Ornain.

Pour rendre 100 mètres d'*entrevous* de Pontoise à Paris,
les frais s'élèvent à 2 fr. 75 et 3 francs, et 4 fr. 50 et 5 fr.
pour *échantillon*.

D'après les renseignements que nous venons de donner,
on s'étonnera, sans doute, du peu d'importance de la navigation et du flottage de la Meuse. Il suffirait pour décupler
les ressources qu'ils offrent au commerce et à l'industrie,
et pour enrichir le pays d'une voie de communication aussi
belle, de rendre ce fleuve navigable et flottable dans tout

---

(1) Les *chapelets* sont des harts tordues en forme de cordes.

(2) Il n'existe en ce moment qu'un seul entrepreneur (**M. N....**) pour
le flottage et la navigation de la Meuse. Les frais de transport diminue-
raient infailliblement s'il s'établissait une concurrence sérieuse.

le département auquel il donne son nom. Quand on examine son lit, généralement profond, et le cours paisible de ses eaux à travers la riche et riante vallée qu'il arrose, on demeure convaincu qu'une pareille entreprise n'offre aucune difficulté, et ne doit pas entraîner des frais considérables.

Ce vœu a été souvent exprimé; espérons qu'enfin il fixera sérieusement l'attention du gouvernement......

BOIS DE FENTE.

MERRAINS.

Le bois de fente acquiert une valeur fort élevée dans la Meuse, à raison de l'importance du vignoble du Barrois et du voisinage de la Champagne. Le merrain occupe le premier rang parmi les bois de fente, nous lui consacrerons un chapitre spécial.

On fabrique principalement du merrain dans les forêts de Mangiennes et dans le canton de Spincourt, arrondissement de Montmédy, dans les forêts d'Haudronville et le canton de Vigneulles, arrondissement de Commercy, et dans la forêt de Lisle, arrondissement de Bar-le-Duc.

Pour obtenir de bons produits et des merrains de bonne qualité, on doit choisir des arbres sans nœuds et qui fendent facilement.

On ne fait du merrain qu'avec du chêne de 1m,50 de tour et au-dessus; lorsqu'on débite en merrain des arbres au-dessous de cette dimension, il y a trop de débris et *méfentes*, et trop peu de bénéfice pour les marchands; ils trouvent, au contraire, un bénéfice certain à convertir en merrain des bois de forte dimension.

Les chênes, destinés à faire du merrain, se débitent en grand et petit bois empilés en *treille*.

Une *treille* marchande et complète se compose de 65 *dos* (*douves* ou grand bois).

Un *dos* se compose de 16 *douves* superposées en forme de pile.

Chaque *dos* se forme d'un petit plancher double. La seconde assise ou couche est placée transversalement sur la première. Les planchettes sont arrangées bien carrément, elles sont posées à plat et serrées l'une contre l'autre; il ne doit pas y avoir de vides.

Les 65 *dos* forment deux piles de 32 *dos* 1/2 chacun.

Le demi-*dos* se compose d'un plancher simple ‖‖‖. Un arrangement semblable a lieu pour les *enfonçures* et *chanteaux* dont nous allons parler.

Une *treille* contient, outre les *dos*, 50 poignées d'*enfonçures* et 50 poignées de *chanteaux*.

Une poignée est composée de 4 pièces d'*enfonçures* ou de *chanteaux*; ainsi, une *treille* moyenne et marchande contient, en totalité, 1440 pièces.

On trouve ordinairement les *chanteaux* dans les *douves*, et les *enfonçures*, présentant des imperfections lors de la fente ou lorsque l'ouvrier les travaille à la plane.

Voici les dimensions que doivent avoir les pièces qui composent une *treille* :

Les *douves* doivent avoir 0^m,867 (32 pouces) de longueur.
Les *enfonçures*   0^m,596 (22 pouces)   *idem.*
Les *chanteaux*   0^m,488 (18 pouces)   *idem.*

Toutes les pièces dont il vient d'être parlé sont, d'abord, fendues au *coûtre* (1) à une épaisseur de 0^m,016 à 0^m,018 (7 à 8 lignes), sur une largeur variable de 0^m,108, 0^m,135, 0^m,162, 0^m,189, 0^m,217, 0^m,244 (4 à 9 pouces); ils sont ensuite travaillés à la plane et ramenés à une épaisseur de 0^m,011 à 0^m,014 (5 à 6 lignes), et à une largeur de 0^m,081, 0^m,108, 0^m,135, 0^m,162, 0^m,189, 0^m,217 et 0,244 (3 à 9 pouces). Les *douves* sont moins épaisses au milieu qu'aux extrémités: c'est le contraire pour les *enfonçures* et les *chanteaux*.

Pour que les fournitures d'une *treille* soient réputées marchandes, il faut qu'elles comportent 0^m,16 à 0^m,18 de largeur (6 à 7 pouces). S'il s'en trouve au-dessous de cette dimension, on livre 3 pièces pour 2, c'est-à-dire 300 pièces pour 200. Les pièces qui ne comportent pas 0^m,16 à 0^m,18, prennent, dans certaines provinces, notamment en Franche-Comté et en Bourgogne, le nom de *tricage*.

Quand les marchands débitent en merrain des chênes de 1 mètre 50 et 1 mètre 75 de tour, il faut 18 décistères au cinquième déduit (cubage ordinaire du Barrois) pour obtenir une *treille*; mais si les arbres ont 2 mètres de tour et au-dessus, 16 à 17 décistères suffisent pour

---

(1) Couteau large, épais et recourbé, que les fendeurs emploient en forme de hachette.

obtenir le nombre de pièces qui composent une *treille*; ainsi, un décistère rendra 80, 85 et 90 pièces de merrain, assorties, suivant les dimensions des arbres employés à cet usage.

D'après ce que nous avons dit sur les dimensions des pièces qui composent une *treille*, on voit que ce nombre est variable, puisqu'il dépend de la largeur de ces mêmes pièces, largeur elle-même très-variable.

Avec une *treille* (jauge de Bar-le-Duc), on fabrique 40 à 42 tonneaux d'une contenance de 180 litres, et 50 et 51 tonneaux avec une *treille* jauge de Reims, en moyenne.

Le prix de fabrication, par tonneau, y compris les cercles et l'osier, est de 2 fr.

Une *treille* coûte 23 fr. de fabrication, savoir : 18 fr. pour fendre et travailler le bois à la plane, et 5 fr. pour le découper et le scier par tronçons de $0^m,867$, et $0^m,596$ de longueur (32 et 22 pouces). De cette dépense il faut déduire 3 fr. (1/8 environ) pour valeur des *méfentes* et écorces, ainsi la dépense totale de la fabrication d'une *treille* est de 20 fr.

Le prix du merrain est variable; il accroît ou décroît suivant l'abondance des récoltes en vin; pendant les mauvaises années il n'est pas recherché et n'a pas de prix fixe.

Le prix d'une *treille* marchande, jauge de Bar, prise en forêt, est de 170 fr., en moyenne.

Une *treille*, livrée à Bar-le-Duc, se vend aujourd'hui (février 1846), 190 à 210 fr.

En vendant la *treille* 200 fr., le décistère est payé au marchand sur le pied de 9 fr., sur quoi il faut tenir compte de l'intérêt des sommes qu'il a déboursées depuis l'instant où il s'est rendu adjudicataire des coupes jusqu'au moment de la rentrée de ses capitaux, puis les frais de voiture pour conduire les merrains de la coupe aux lieux de destination, et, enfin, les pertes à essuyer pour faillites et les menus frais qu'entraînent les exploitations de cette nature.

Nous ne croyons pas devoir donner ici des détails sur la fabrication des cuves et cuveaux pour lesquels on emploie les merrains : les dimensions et les formes de ces grands vaisseaux, sont tellement variables et les prix de fabrication si différents, que ces sortes de renseignements sortent du cadre des statistiques en cela qu'ils ne présentent rien de certain.

CERCLES.

On fabrique des cercles, dans la Meuse, avec le coudrier de préférence à toutes les autres essences forestières. On en fabrique aussi avec le merisier, le bouleau, le marsault et quelquefois, mais rarement, avec le frêne.

Les cercles pour cuves ou grands vases se font avec le merisier et quelquefois avec le frêne, le charme et le bouleau.

Les bois destinés à faire des cercles de tonneaux se vendent à la corde. Cette corde comporte 1ᵐ,33 de hauteur sur 2 mètres de largeur. Quant à la longueur des perches destinées à être converties en cercles, elle varie depuis 2ᵐ,33 à 3 mètres. Ces perches doivent être conservées dans toute leur longueur pour les façonner en cercles propres à différents usages.

Une corde de coudrier des dimensions susdites se vend 70 et 75 fr., en forêt.

Avec cette corde on fabrique 180 à 200 *couronnes* de cercles de tonneaux, en moyenne.

La *couronne* contient 24 cercles.

Les cercliers gagnent, pour fabrication, 0 fr. 25 par couronne.

Le prix de vente d'une *couronne* de cercles varie avec la qualité des cercles, le voisinage des vignobles et le plus ou moins d'abondance des récoltes en vin.

Le prix ordinaire d'une *couronne* de cercles, composée de coudrier, de merisier et de marsault, est de 0 fr. 75 et 0 fr. 80, prise en forêt.

ÉCHALAS.

Le chêne est employé, dans la Meuse, à faire des échalas. On se sert aussi du saule-marsault et du saule mais plus rarement, et à défaut du chêne.

On fait des échalas avec les petits arbres cubant 0ˢᵗ,15 et 0ˢᵗ,10, et avec les bois de rebuts. On emploie aussi les perches de taillis à cette industrie (dans le pays *Billettes*); mais les échalas qui proviennent du taillis ont moins de valeur que ceux qui ont été fabriqués avec les futaies.

Les ouvriers qui font des échalas se servent du *coûtre* pour fendre les bois destinés à cette fabrication, après les avoir sciés à la longueur en usage dans le pays. Cette longueur est variable; celle des échalas du Barrois, la plus ordinaire, est de 1^m,167 (42 pouces).

Il faut 0st,35 à 0st,40, en moyenne, de petits arbres cubés au 5e déduit, pour obtenir 1,000 échalas.

Un ouvrier fabrique 1,200 échalas par jour, en moyenne; quand les bois sont écorcés et faciles à fendre, il peut en fabriquer 1,500.

Le prix de fabrication est de 2 fr. 25 et 2 fr. 50 par mille.

Les frais de transport de 1,000 échalas sont de 0 fr. 15 à 0 fr. 18, par kilomètre, à prendre dans les coupes.

Le prix de vente de 1,000 échalas, en forêt, est, en 1846, de 20 et 22 fr.

BOIS A LATTES. — ÉCHANCILLONS.

On convertit le chêne, dans la Meuse, en bois de fente, destinés à la couverture des maisons, aux ouvrages d'intérieur, aux plafonnages, aux cloisonnages, etc.

La première condition, pour parvenir à débiter les futaies de chêne en lattes, est qu'elles fendent facilement; à cet effet on doit choisir de préférence les tronces les plus rapprochées de la pate. Dès que le corps de l'arbre est voisin des branches, il devient noueux, et l'on doit renoncer à le soumettre à la fente.

Les arbres de 1^m,50 et ceux de 1^m,75 à 2^m sont les plus recherchés pour la fabrication des lattes; il y a perte à employer les arbres de dimensions intermédiaires.

Les lattes servent à soutenir les tuiles (1).

On fabrique 1,000 lattes avec 3 décistères, au 5e déduit.

Quand les bois comportent 1^m,75 à 2^m, on peut obtenir 1,200 lattes et au-delà parce qu'alors le fendeur trouve 2 largeurs de lattes dans le même *quartier* (1/2 de tronce).

Les lattes comportent 1^m,056 (38 pouces) de longueur, 0^m,111 à 0^m,167 (4 à 6 pouces) de largeur, et 0^m,002 à 0^m,005 (1 à 2 lignes) d'épaisseur.

Les frais de fabrication de 1,000 lattes sont de 4 fr. 50 à 5 francs.

_____

(1) Dans la Meuse on couvre généralement en tuiles creuses.

Le prix de vente est de 36 fr., en forêt.

L'échancillon sert au plafonnage et au cloisonnage.

Il faut 1 décistère 30 ou 1 décistère 25, au 5ᵉ déduit, environ, pour fabriquer 1,000 échancillons.

La longueur de l'échancillon est de 1ᵐ,16 (3 pieds 6 p.), sa largeur de 0ᵐ,042 (1 pouce 1/2), et son épaisseur, de 0ᵐ,002 à 007 (1 à 3 lignes).

Le prix de fabrication de 1,000 échancillons est de 2 fr. 50 à 3 fr.

Le prix de vente, en forêt, est de 12 fr.

ÉCORÇAGE.

Le chêne est le seul bois soumis à l'écorçage dans la Meuse (1).

L'écorçage sur pied ne se pratique pas dans ce département. Les bois destinés à être écorcés sont, préalablement, abattus, puis débités en bûches ou troncs dans les dimensions qui sont en usage dans le pays.

L'écorçage se fait dans le moment de la plus forte émission des sèves, ordinairement au milieu de mai.

L'écorce des jeunes tiges de chêne est fort recherchée parce qu'elle est beaucoup plus riche en tannin que celle qui provient des taillis avancés en âge.

Quand les écorces proviennent de futaies, elles prennent le nom d'écorces de *fendeurs*. Ces sortes d'écorces, ainsi que celles qui proviennent de taillis d'un âge avancé et peu élevés ou de taillis qui ont crû sur un sol sec et maigre, sont beaucoup plus épaisses que celles qui proviennent de jeunes taillis; elles sont raboteuses et quelquefois moussues, et leur qualité est bien inférieure.

La dimension des bottes d'écorce est variable. Dans le Barrois elle est de 1ᵐ,16 (42 pouces) de tour sur une hauteur égale. La forme en est ronde.

Dans l'arrondissement de Commercy, la dimension des bottes d'écorce est de 1ᵐ,16 (42 pouces), sur 0ᵐ,777 à 0ᵐ,832 (28 à 30 pouces). La forme des bottes, notam-

---

(1) On fait de l'écorce à l'usage des tanneries, dans plusieurs départements, avec le bouleau et l'épicea, on fait aussi de l'écorce, à l'usage des teinturiers, avec l'aulne; le noyer et le saule.

ment dans les environs de Saint-Mihiel, est elliptique. Ces dimensions sont les mêmes dans l'arrondissement de Verdun.

Dans l'arrondissement de Montmédy, l'écorce de *fendeur* comporte $0^m,90$ de hauteur et 1 mètre de circonférence.

Les bottes d'écorce de taillis comportent $1^m,33$ de hauteur sur $1^m,33$ de tour. Elles sont liées ordinairement avec deux harts.

A Saint-Mihiel, l'écorce se livre au *ré*, autrement 26 bottes pour 25 (quarteron revêtu).

Le poids d'une botte d'écorce sèche, dans le Barrois et à Montmédy, est de 15 kilogrammes; ce poids est de 6 kilogrammes dans les arrondissements de Verdun et de Commercy.

Quand l'écorce est mince, telle est celle qui provient d'un taillis jeune et élevé, on n'obtient que 12 à 13 bottes par stère; si l'écorce est épaisse, et qu'elle provienne principalement de bûches prises près de la souche, on obtient 15 et 16 bottes; mais cette écorce est bien inférieure en qualité à la première.

Les bois du Barrois donnent une écorce plus mince et conséquemment meilleure que celle qui provient des forêts de Commercy et des environs de Saint-Mihiel, cela tient à la nature du sol qui, dans l'arrondissement de Commercy, (le pays de Woëvre excepté) est sec et peu profond.

L'écorçage enlève aux bois soumis à cette opération 1/5e de leur volume, quand les taillis sont jeunes et élevés; mais, s'ils sont âgés de 30 ans et au-dessus, ou s'ils sont peu élevés, l'écorçage leur enlève 1/4 de leur volume et quelquefois au-delà.

Le prix de fabrication des écorces varie suivant la dimension des bottes et la qualité des écorces:

Dans l'arrondissement de Commercy, la fabrication de cent bottes coûte 10 à 12 fr.

Dans ceux de Bar-le-Duc et Montmédy, 15 fr.

Dans ces deux arrondissements on fabrique des écorces de *fendeurs.*

Cette fabrication coûte (le cent) 8 à 10 fr.

L'abatage des arbres reste à la charge des coupeurs.

Le prix de cent bottes varie d'une manière notoire suivant la dimension des bottes et la qualité de l'écorce; en 1845, il s'est élevé, savoir :

Dans l'arrondissement de Bar–le–Duc, de 90 à 100 fr. sur *toc* (1), et 110 et 120 fr., le cent, rendu à Bar–le–Duc.

Dans l'arrondissement de Commercy et celui de Verdun 45 à 50 fr.

Dans celui de Montmedy, 80 à 90 fr.

L'écorce de futaies se vend moitié moins que celle qui provient des taillis.

D'après les données qui précèdent, si un stère de rondin vaut 8 fr. sur pied, il aura perdu, par l'écorçage, 1/5ᵉ de son volume et quelquefois 1/4, soit en argent, 1 fr. 60 à 2 fr. Le bois écorcé se vendra 1/4 au-dessous du prix des bois en grume; les marchands devront, en outre, payer les frais de fabrication de l'écorce et subir tous les inconvénients d'une exploitation prolongée. C'est d'après ces rapprochements qu'ils doivent établir leurs calculs sur les bénéfices qu'ils doivent réaliser ou les pertes qu'ils doivent supporter en fabriquant de l'écorce dans les coupes.

CHARRONNAGE.

JANTES DE ROUES.

Les jantes (2) se font avec le bois de hêtre.

Les dimensions des jantes sont proportionnelles à la force des roues auxquelles elles doivent être adaptées.

Les jantes fabriquées en forêt subissent de nombreuses modifications lorsqu'elles passent dans les mains des charrons et des carrossiers pour être ajustées aux roues des voitures de toutes les formes auxquelles on les destine. Nous nous bornerons à donner les dimensions de celles qui se fabriquent en forêt plus communément.

Les jantes doubles, dites à la Malbrough, comportent 0ᵐ,889 (32 pouces) de longueur sur 0ᵐ,111 à 0ᵐ,139 (4 à 5 pouces) de largeur, et 0ᵐ111 (4 pouces) d'épaisseur.

Les jantes à roues pointues comportent 0ᵐ,833 à 0ᵐ,889 (30 à 32 pouces) de longueur sur 0ᵐ,083 (3 pouces) de largeur, et 0ᵐ,069 (30 lignes) d'épaisseur.

Les frais de fabrication de 100 jantes à roues pointues sont de 5 à 6 fr.; ceux de fabrication de 100 jantes de

---

(1) Sur la souche : mieux prise dans la coupe.

(2) Partie du cercle des roues.

fortes dimensions sont de 7 à 8 fr. Un bon ouvrier peut faire 40 jantes assorties (1/2 grosses 1/2 petites) par jour, les frais de fabrication sont amplement couverts par la valeur des bois qui proviennent de l'ébauche.

Il faut 0st,90 à 1 stère de bois de hêtre, cubé au 5e déduit, pour fabriquer 100 jantes à roues pointues, et 1st,50 pour fabriquer 100 fortes jantes de roues dites à la Malbrough.

Le prix de vente varie suivant les localités, la cherté du hêtre, le voisinage des lieux de consommation, etc.

Le prix ordinaire de 100 jantes à roues pointues, est de 50 à 60 fr. en forêt; celui d'un pareil nombre de fortes jantes est de 75 à 80 fr., également en forêt.

RAIS.

Les rais (rayons de roues), se font avec le chêne.

On emploie les arbres de 0^m,80 et d'un mètre à cette fabrication.

Pour que les rais soient de bonne qualité, il faut les fabriquer avec la première tronce, à la pate.

Les dimensions à donner aux rais sont très-variables, comme on doit le penser, puisqu'elles sont nécessairement proportionnelles à la force des roues auxquelles on doit les appliquer; les rais, d'ailleurs, qui se fabriquent en forêt, sont travaillés et perfectionnés, plus tard, par les charrons et les carrossiers et appropriés aux différentes roues auxquelles on les destine. Nous nous bornerons à indiquer les dimensions qui sont d'un usage plus fréquent.

On débite les arbres qui sont destinés à être convertis en rais, pour roues de voitures légères, dans les dimensions de 0^m,66 de longueur (24 pouces), et 0^m,08 de largeur (3 pouces).

La dimension des rais destinés aux voitures employées pour l'agriculture est variable; la plus ordinaire est de 0^m,83 à 0^m,88 (30 à 32 pouces) de longueur, sur 0^m,083, 0^m,111 et 0^m,139 (3, 4 et 5 pouces) de largeur.

Avec un décistère, au 5e déduit, on fabrique 25 à 27 rais des dimensions de 0^m,66 de longueur, et 0^m,08 de largeur; mais on ne peut obtenir que 20 rais de 0^m,83 à 0^m,88 de longueur, et 0^{m}083 à 139 de largeur avec un décistère cubé comme il vient d'être dit.

MOYEUX (1).

Les essences forestières qu'on emploie à la fabrication des moyeux sont le hêtre et l'orme ; mais le hêtre est celle qu'on préfère et qu'on emploie généralement dans la Meuse.

Les moyeux comportent 1 mètre de tour et 0^m,50 de longueur.

Avec 4 décistères au 5e déduit, on fabrique dix paires de moyeux : 9 gros et 11 moyens.

Le prix de fabrication est de 0 fr. 75 par paire. Le bois qui provient de l'ébauche paie le surplus des frais de fabrication.

Une paire de gros moyeux se vend 4 fr.; une paire de moyens se vend 3 fr.

LIMONS DE VOITURES ET HAIS DE CHARRUES.

Les limons de voitures se font en chêne et en frêne.

Les dimensions des limons sont variables autant que les formes et la force des voitures.

Nous ne parlerons ici que de ceux qui sont adaptés aux fortes voitures dites à bois et à faïence, et propres aux différents usages de l'agriculture.

Ces sortes de limons ont 5^m,33 (16 pieds), de longueur, sur 0^m,556 (20 pouces), de grosseur, en moyenne.

Il faut 3 décistères pour fabriquer une paire de limons de voitures à bois, et 4 à 5 décistères pour fabriquer une paire de limons pour voiture dite à faïence.

Les limons de voitures ne se façonnent pas en forêt.

Les limons, des dimensions susdites, se vendent, en forêt et en grume, 16 à 18 fr., et 24 fr. en sortant des mains du charron.

Les *hais* de charrues se font ordinairement avec des charmes et des hêtres de 0^m,50 à 0^{m}80 de tour sur 2 mètres de longueur.

On fabrique 7 à 8 *hais* de charrue avec un décistère. Ils se vendent 0 fr. 60 et 0 fr. 75, en forêt.

_____

(1) Centre des roues où s'emboîtent les rais.

OREILLES DE CHARRUES (1).

Les oreilles de charrues se fabriquent avec le hêtre.

Les différents systèmes et les dimensions des charrues, étant très-variables, non-seulement dans le même département, mais même dans les mêmes communes, il s'en suit que les oreilles, qui en font partie intégrante, sont elles-mêmes très-variables dans leurs proportions.

Les dimensions les plus ordinaires sont de $0^m,833$ à $0^m,889$ (30 à 32 pouces) de longueur, sur $0^m,444$ (16 pouces), de largeur.

On fabrique 7 à 8 oreilles de charrue avec un décistère au 5e déduit.

Un bon ouvrier en confectionne 14 à 15 par jour, en moyenne.

Il gagne 2 fr. 50.

Le bois provenant de l'ébauche vaut 1 fr.; reste 1 fr. 50 à débourser.

Le prix ordinaire d'une paire d'oreilles de charrue est de 2 fr., en forêt. Il est de 3 fr. sortant des mains du charron.

HERSES.

Les herses se fabriquent avec le hêtre.

Les bois dont on se sert pour cette fabrication proviennent, le plus souvent, des rebuts de ceux qui sont destinés à faires des jantes de roues et des oreilles de charrues, on se sert aussi quelquefois de perches de taillis choisies dans les bois à brûler.

Une herse se compose de six membrures d'une longueur de $1^m,33$ (4 pieds métriques), $0^m,083$ (3 pouces), de largeur, et $0^m,056$ (2 pouces), d'épaisseur, environ.

On fabrique 9 membrures avec un décistère de hêtre cubé au 5e déduit (dents comprises).

Une herse, garnie de ses dents, coûte 2 et 2 fr. 25 de fabrication.

Elle se vend 4 fr. 50 et 5 fr., quand les dents sont en hêtre; mais le prix s'élève à 5 fr. et 5 fr. 50, si les dents sont en chêne.

---

(1) Elles servent à déverser les terres que le soc de la charrue a ouvertes et à former les sillons.

SABOTAGE.

Les sabots ordinaires se fabriquent avec le hêtre.

On se sert aussi du bouleau dans quelques localités ; mais cette fabrication est rare, dans la Meuse, cette essence y étant peu abondante.

Il est une espèce de sabots fins et légers, à l'usage des femmes, principalement, qui se font avec le bouleau et le noyer. Les formes de ces sabots sont très-variées et les enjolivements qu'ils reçoivent sont nombreux. Ils ne se fabriquent pas en forêt et exigent fort peu de bois provenant des forêts ; par ces motifs, nous ne croyons pas devoir nous en occuper.

La fabrication des sabots exige des bois de choix et qui fendent bien. Les hêtres de 2 mètres et 2^m,33 de tour sont ceux qu'on choisit de préférence. Les petits hêtres ont beaucoup moins de valeur ; il y a perte dans le débit.

Les sabots se livrent à la grosse. Une grosse assortie contient 12 douzaines de sabots et, de plus, une douzaine pour fourniture, soit 156 paires.

Les sabots ont diverses grandeurs, suivant qu'ils sont destinés à des hommes, à des femmes ou à des enfants. Il entre ordinairement dans la grosse 2 douzaines de sabots d'hommes, avec fourniture d'un sabot par douzaine (26 paires), 6 douzaines de femmes (78 paires) et 4 douzaines d'enfants (52 paires).

Les frais de fabrication sont de 20 à 24 francs, par grosse, suivant l'habileté de l'ouvrier.

Un ouvrier ordinaire fait dix paires de sabots par jour. Un très-bon ouvrier en fait jusqu'à douze. Il fait 7 à 8 paires de sabots *noircis* et *cirés*.

Il faut huit décistères, au 5e déduit, pour faire une grosse assortie de sabots (13 douzaines), soit 39 sabots par décistère.

La grosse se vend 54 à 60 fr., prise chez les sabotiers.

L'abondance et le bas prix du hêtre a fait naître, dans les arrondissements de Commercy et de Verdun, un grand nombre d'industries qui emploient cette essence à différents usages. Les sabotiers, par ces motifs, sont nombreux dans ces deux arrondissements. Nous devons citer particulièrement le village de Dompierre-aux-Bois, arrondissement de Commercy, près Vigneulles, comme étant un de ceux où l'on fabrique le plus de sabots. Cette marchandise se vend dans les villes de Verdun, Etain, St-Mihiel, Commercy, Toul, Metz, etc.

BOIS A BROSSES.

Le hêtre abonde dans l'arrondissement de Verdun et notamment dans le canton de Souilly. Il s'accommode à merveille du sol calcaire, peu profond et mêlé quelque peu de terre végétale qu'on y rencontre. Il y acquiert une densité remarquable qui le rend propre à un très-grand nombre d'ouvrages, notamment à la fabrication des bois de brosses, des bois à chaussures, dits *bois à cirage*, de pates ou bois à balais, etc.

On fabrique dans le canton de Souilly deux cents articles et plus de bois à brosses qui ont chacun leurs dénominations particulières et des dimensions différentes. Cette fabrication procure aux habitants de cette contrée des moyens d'existence que leur refuserait la culture du sol qui est généralement peu fertile.

L'abondance de la matière propre à la fabrication des bois à brosses et le prix peu élevé auquel elle se vendait et se vend encore, comparativement aux autres localités boisées, sont les causes probables de l'introduction de cette industrie dans l'arrondissement de Verdun.

Elle remonte vers l'année **1726** à **1731**.

Elle a commencé à Souilly où elle fut introduite par un sieur Miraucourt (Michel), qui, précédemment, habitait Récicourt, canton de Clermont, arrondissement de Verdun.

Les principaux ateliers de bois à brosses existent à Souilly, Saint-André, Rambluzin, Monthairons et dans la ville de Verdun. Il existe aussi des ateliers de cette espèce à Récicourt et Parois, arrondissement de Verdun.

Nous nous bornerons à parler des bois à brosses qui se fabriquent plus ordinairement ; ce sont :

1° Les brosses à parquet ;
2° Bois à chaussures ou *à cirage ;*
3° Bois à double manche, à l'usage des militaires ;
4° Bois ou pates à balais.

Nous consacrerons un chapitre distinct à ces derniers.

Les bois de brosses se débitent dans les dimensions suivantes (1) :

Bois à parquets, 0^m,244 à 0^m,325 (9 à 12 pouces), de longueur, 0^m,081 à 0^m,135 (3 à 5 pouces), environ, de largeur;

Bois à cirage, 0^m,135 à 0^m,244 (5 à 9 pouces), environ, de longueur, et 0^m,054 à 0^m,081 (2 à 3 pouces), de largeur;

Bois doubles à manches, 0^m,217 (8 pouces), de longueur moyenne 0^m,054 (2 pouces), de largeur, et 0^m,018 (8 lignes), environ, d'épaisseur.

Avec un décistère cubé au 1/4 sans déduction, on fabrique :

Bois à parquets, 80 pièces.)
Bois à cirage, 300 *idem.* } en moyenne.
Bois doubles, à l'usage des militaires, 400.)

On paie, pour fabrication :

Brosses à parquets . . . . 2 fr. 10 le cent.
Bois à cirage 1   50
Bois doubles, à l'usage des militaires. 1   55

Voici les prix de vente de ces bois :

Brosses à parquets . . . . 6 fr. 75 le cent.
Bois à cirage 3   » »
Bois doubles, pour les militaires. 2   65

Le tout pris en fabrique.

Ces prix sont les mêmes depuis plusieurs années.

BROSSES POUR HABITS.

On fabrique, dans le canton de Souilly, des bois de brosses pour habits. Ces sortes de brosses sont connues, dans le commerce, sous la dénomination de *bois d'anglaises.*

Le tremble, le saule et l'aulne sont employés à cette fabrication.

Les bois de brosses pour habits se débitent dans les proportions suivantes :

Longueur, 0^m,162 à 0^m,244 (6 à 9 pouces);
Largeur, 0^m,068 0^m,108 (2 pouces 1/2 à 4 pouces);
Epaisseur, 0^m,018 (8 lignes), environ.

Un décistère de bois de tremble ou d'aulne, donne 18 douzaines de bois de brosses pour habits (216 bois).

(1) Ces dimensions métriques sont calculées sur le pied de roi ancien; cet usage est suivi dans les fabriques de l'arrondissement de Verdun.

Les frais de fabrication sont de 0 fr. 42, par douzaine.
La douzaine se vend 0 fr. 62, prise en fabrique.

BROSSES DITES CHAMPIGNONS OU PASSE-PARTOUT.

On fabrique, dans le canton de Souilly, arrondissement de Verdun, une espèce de brosse dite *champignon* ou *passe-partout*, destinée à laver et nettoyer les voitures à l'extérieur.

On se sert du chêne pour cette fabrication.

Pour faire ces sortes de brosses, on débite le bois sur une longueur de 0^m,487 à 0^m,514 (18 à 19 pouces), une largeur de 0^m,054 (2 pouces), et une épaisseur de 0^m,032 à 0^m,034 (14 à 15 lignes).

On obtient 9 douzaines de bois de brosses, dites à *champignons* d'un décistère.

Les frais de fabrication des *champignons* fins sont de 1 fr. 65 ; ceux des *champignons* communs sont de 0 fr. 90, la douzaine.

Ils se vendent : les fins, 2 fr. 70, et les communs 1 fr. 60, la douzaine, prise en fabrique. Quand ils sont rendus à Paris, ces prix s'élèvent à 3 et 1 fr. 90.

PLACAGES.

Nous avons parlé de la fabrication des bois à brosses qui se pratique dans l'arrondisssement de Verdun, et plus particulièrement dans le canton de Souilly. Le placage de ces mêmes bois est une dépendance et pour ainsi dire un complément nécessaire de cette industrie, aussi voit-on les ouvriers *brossiers* dans les mêmes villages et quelquefois dans les mêmes ateliers que ceux qui débitent et travaillent les bois destinés au placage des brosses.

Les bois employés à cet usage sont le hêtre, l'orme, le frêne, l'érable, l'alisier, le sorbier, le merisier, le poirier et le pommier.

Ces bois se débitent dans les dimensions suivantes :

1re dimension:

Longueur 0^m,135 (5 po. envir.) Largeur 0^m,068 (2 po. 1/2).

2e dimension:

Longueur 0^m,162 (6 pouces). Largeur, 0^m,081 (3 pouces).

3e dimension:

Longueur 0^m,189 (7 pouces). Largeur 0^m,108 (4 pouces).

4e dimension:

Longueur 0^m,217 (8 pouces). Largeur 0^m,108 (4 pouces).

5e dimension:

Longueur 0^m,244 (9 pouces). Largeur 0^m,122 (4 pouces 1/2).

6e dimension:

Longueur 0^m,271 (10 pouces). Largeur 0^m,054 (2 pouces).

On fabrique 15 grosses (180 pièces), avec un décistère cubé au 1/4 sans déduction.

Les prix de fabrication des quatre premières dimensions sont de 0 fr. 50, par grosse. Ceux des cinquième et sixième dimensions sont de 0 fr. 75 aussi par grosse.

Les prix de vente restent à peu près les mêmes depuis plusieurs années, les voici :

1re dimension	. . . . .	1 fr.	»»	la grosse ;
2^e	*id.*	1	25	*id.*
3^e	*id.*	1	50	*id.*
4^e	*id.*	1	75	*id.*
5^e	*id.*	2	»»	*id.*
6^e	*id.*	2	50	*id.*

BALAIS. — PATES A BALAIS.

On fabrique des manches à balais dans les cantons de Souilly et dans les environs de Varennes, arrondissement de Verdun ; mais les pates ou bois à balais se font dans le canton de Souilly.

On se sert, pour la fabrication des manches à balais, de l'érable commun, de l'érable-plane (érable à feuilles de platane), du merisier et du tremble ; les pates ou bois à balais se font avec le hêtre.

PETITS BALAIS. — BALAIS DE CHAMBRE.

Les manches des petits balais, destinés à nettoyer les meubles et les foyers, sont connus dans le commerce sous la dénomination de *chinois fins, demi-fins* et *communs ;* ces derniers se font avec le tremble.

Les bois destinés à faire des manches à petits balais sont, d'abord, sciés sur une longueur de 0^m,515 (19 pouces), puis ils sont fendus sur 0^m,081 (3 pouces) de tour ; ils sont ensuite appliqués sur des tours à pointes pour recevoir la forme et les enjolivements que l'ouvrier veut leur donner.

On fabrique 15 douzaines de manches à balais avec un décistère.

Les frais de fabrication des manches à balais de chambre, dits *chinois fins* et *demi-fins*, sont de 0 fr. 70, et ceux des manches *communs* de 0 fr. 50 la douzaine.

Ils se vendent depuis plusieurs années : les *fins* et *demi-fins* 1 fr., et les communs 0 fr. 60, la douzaine, prise en fabrique.

Les bois à balais s'adaptant aux manches sont connus sous la dénomination de *pates-chinoises* et *pates-communes*.

Pour fabriquer les pates à petits balais, on débite les bois dans les dimensions suivantes : longueur, $0^m,162$ (6 pouces); largeur, $0^m,041$ (18 lignes); épaisseur, $0^m,034$ (15 lignes).

Avec 1 décistère on fabrique 16 douzaines de pates.

Les frais de fabrication d'une douzaine de ces pates-*chinoises*, *fines* et *demi-fines*, sont de 0 fr. 85, et ceux de fabrication des pates *communes* sont de 0 fr. 35.

Le prix de vente d'une douzaine de *pates-chinoises* est de 1 fr., et celui des *pates-chinoises communes* est de 0 fr. 45, prises en fabrique.

GRANDS BALAIS A CHAMBRES ET PARQUETS.

Les manches des grands balais destinés à nettoyer les appartements, les parquets et les planchers se font avec le tremble (1).

On débite les bois à manches pour grands balais sur $1^m,50$ de hauteur et $0^m,032$ (14 lignes) de largeur, au carré.

On peut fabriquer 100 manches de cette dimension avec 1 décistère de tremble cubé au 1/4 sans déduction.

Les bois ou pates à balais auxquels ces manches s'adaptent se font avec le hêtre. Ils sont de dimensions variables. Ils se débitent, plus communément, sur une longueur de $0^m,325$ (12 pouces) jusqu'à $0^m,650$ (24 pouces), et sur une largeur $0^m,081$ à $0^m,108$ (3 à 4 pouces).

On fabrique 4 douzaines 1/2 de bois à balais avec 1 décistère de hêtre.

Les frais de fabrication sont de 0 fr. 60 la douzaine.

Elle se vend 1 fr. 40, prise en fabrique.

(1) On se sert du sapin dans les localités où cette essence existe.

FABRICATIONS DIVERSES.

Nous avons vu quels avantages l'industrie *Meusienne* obtient du hêtre. Nous avons vu cette essence convertie par les charrons, les sabotiers, les brossiers, en instruments et marchandises propres à l'agriculture, à la chaussure, à l'entretien des appartements et à un grand nombre de besoins domestiques. Cependant, les ressources qu'il nous offre ne sont pas épuisées ; nous allons le voir encore, entre les mains d'autres ouvriers, donner des battoirs (1), des salières (2), des vaseaux (3), boîtes, formes à fromage, couloirs (4), cuillières à pots, manches de bêches, arçons de selles, etc.

Avec l'érable-plane et le hêtre, on fabrique les manches de bêches, à St-Remy-en-Woëvre, canton de Fresne, arrondissement de Verdun. On y fabrique encore, avec le hêtre seulement, les battoirs, les salières, les vaseaux et les formes à fromages.

On consomme, à St-Remy, environ 100 stères de hêtre à la fabrication de ces divers ouvrages d'industrie. Les ouvriers qui se livrent à ces sortes de travaux s'occupent, par intervalles, de ceux de l'agriculture, pendant la belle saison.

On fabrique les arçons de selles avec le hêtre, à Mouilly (mêmes canton et arrondissement).

Les *arçonniers* de Mouilly consomment 800 à 850 décistères de hêtre par année.

Plusieurs familles des cantons de Vaubecourt et Triaucourt, arrondissement de Bar-le-Duc, fabriquent des battoirs, des salières, des vaseaux, des boîtes, des couloirs.

Ils établissent leurs ateliers, le plus souvent, en forêt, dans les coupes en exploitation.

Les bois propres aux diverses fabrications dont nous venons de parler demandent à être travaillés avant qu'ils aient atteint un certain degré de dessication.

Nota. Nous n'avons pas jugé à propos de parler des menues fabrications qui se font au tour dans plusieurs villages, telles sont celles

---

(1) Palettes pour battre la lessive.
(2) Coffrets pour renfermer le sel.
(3) Sébiles de bois, écuelles propres à de nombreux usages.
(4) Écuelles destinées à couler le lait.

des fuseaux, des robinets, des manches de houes, etc.; elles ne présentent pas assez d'importance.

VASEAUX.

(ÉCUELLES OU SÉBILES).

Les vaseaux se fabriquent avec le hêtre du premier choix provenant des arbres des plus fortes dimensions.

On vend toujours au décistère le bois propre à la fabrication des vaseaux.

Les ouvriers débitent d'abord les bois par tronces, puis ils les fendent par quartiers afin que le canal médullaire ne puisse jamais se trouver dans les matières fabriquées (1). Les quartiers s'ébauchent à la hachette; les vaseaux ensuite sont achevés sur les tours à pointes.

On commence toujours à travailler les plus grands vaseaux, puis ceux d'une dimension inférieure et ainsi de suite en décroissant et jusques aux plus petits.

Après avoir cerné les vaseaux avec un ciseau de tourneur, on les détache l'un de l'autre, au moyen d'une gouge en forme de crochet et en frappant fortement, par derrière, avec une masse en bois, la tronce qui doit les produire.

Les vaseaux varient de dimensions depuis $0^m,444$ à $0^m,111$ (16 à 4 pouces) de diamètre, en décroissant.

Un décistère cubé au 5e déduit donne 4 douzaines de vaseaux.

Un ouvrier en fabrique 4 douzaines de grandeurs moyennes par jour; ainsi chaque ouvrier peut mettre en œuvre un décistère par jour.

Il gagne 2 fr. par jour.

Le prix de vente est de 1 fr. 50 la douzaine, soit 0 fr. 125 la pièce.

La douzaine de vaseaux se livre d'une manière irrégulière; ainsi, quand les vaseaux sont des plus grandes dimensions, on ne livre que les cinq premiers, pris dans la même tronce, au lieu de douze; lorsque les vaseaux sont petits, on livre la douzaine complète.

---

(1) On sait que lorsque le canal médullaire (le cœur) se trouve dans une pièce de bois de cette espèce ou de toute autre analogue, elle se gerce ou fend infailliblement.

BATTOIRS.

Pour arriver à la fabrication des battoirs, on débite le hêtre à la scie et à la hache, puis on l'ébauche à la hachette, après quoi les palettes et les manches se finissent à la plane.

On fabrique 5 douzaines de battoirs, en moyenne, avec 1 décistère cubé au 5e déduit.

Le bois propre à cette fabrication doit être choisi avec soin; il se vend fréquemment en bûches empilées en stères.

Les copeaux et bois provenant de l'ébauche sont consommés en partie dans les ateliers pour enfumer les bois et leur donner une teinte brune plus ou moins foncée; mais l'ébauche produit 0 fr. 30 à 0 fr. 45 par décistère.

Un ouvrier fabrique 30 battoirs par jour.

Il gagne 2 fr. et 2 fr. 50 par jour.

Le prix de vente d'une douzaine de battoirs, pris dans les ateliers, est de 1 fr. 20, soit 0 fr. 10 la pièce.

SALIÈRES.

Les bois de hêtre destinés à la fabrication des salières se scient par tronces et se débitent à la hachette, puis ils se finissent à la plane, après quoi l'ouvrier grave des dessins rectilignes au-dehors au moyen d'un instrument tranchant en forme de griffe. L'assemblage des diverses planchettes qui composent les salières se fait avec du fil de fer.

On fabrique 6 douzaines de salières avec 1 décistère cubé au 5e déduit.

Ce bois, ainsi que celui qui est destiné à la fabrication des battoirs, se livre fréquemment en tronces ou bûches empilées en stères.

Les copeaux et débris des ébauches servent, en partie, à chauffer les ouvriers, à fumer les bois et à les colorer. Les *chutes* et *méfentes* produisent, en outre, 0 f. 45, 0 f. 50 par décistère de bois employé.

Un ouvrier peut en faire 12 à 15 par jour.

Il gagne 1 fr. 50 à 2 fr.

Le prix de vente est de 2 fr. 40 la douzaine, prise dans les ateliers, soit 0 fr. 20 la salière.

BOITES.

On fabrique avec le hêtre des boîtes de différentes dimensions pour les boutiques d'épiceries, de merceries, les confiseurs et fabricants de biscuits, etc.

Les modes de fabrication sont les mêmes que ceux dont nous avons parlé à l'occasion des salières.

Les boîtes se fabriquent le plus souvent dans des ateliers établis dans les coupes en exploitation.

Un décistère de hêtre, cubé au 5ᵉ déduit, donne 6 douzaines de boîtes assorties.

L'ouvrier gagne 2 fr. par jour.

Le prix de vente de 6 douzaines de boîtes est de 15 fr., soit 0 fr. 208 la pièce.

Il y a peu de *chute* dans les bois de cette espèce.

FORMES A FROMAGES.

Les formes à fromages sont de petites caisses dont le fond et les côtés sont symétriquement troués.

Le hêtre est encore le bois qu'on emploie à cette fabrication.

Les bois destinés à faire des formes à fromages se scient par tronces et se débitent à la hachette; ils se finissent à la plane et se percent au vilebrequin. Les côtés ou planchettes s'assemblent au moyen de fil de fer.

Avec 1 décistère de hêtre, cubé au 5ᵉ déduit, on fait 5 douzaines de formes à fromages.

L'ouvrier gagne 1 fr. 50 à 2 fr. par jour.

Le prix de vente d'une douzaine de formes à fromages est de 2 fr. et 2 fr. 25.

COULOIRS.

On fabrique à Vaubecourt, arrondissement de Bar-le-Duc, des couloirs à fromages; mais cette fabrication a été abandonnée en partie depuis qu'on est parvenu à faire des passoires ou tamis métalliques tellement fins qu'on peut s'en servir très-utilement pour remplacer le linge à travers lequel coule le lait quand on fait usage des passoires en bois.

OUVRAGES DE TOUR.

CUILLIÈRES A POTS.

Il existe à Saint-Remy, canton de Fresne, arrondissement de Verdun, plusieurs ateliers dans lesquels on fait des cuillères à pots.

Les ouvriers qui se livrent à cette fabrication scient d'abord les bois par tronces et les débitent à la hachette. La partie concave se fait au tour et les autres parties se finissent à la plane.

Le bois de hêtre est employé à cette fabrication. Il se vend en bûches empilées en cordes et cubées au stère.

Il se paie 8 et 9 fr. le stère, rendu à Saint-Remy.

La consommation en bois de cette fabrication est trop peu importante et le prix en est trop élevé pour que nous ayons jugé à propos de nous rendre compte du nombre de cuillères qu'on peut faire avec 1 décistère.

Un ouvrier confectionne 25 cuillères à pots par jour, en moyenne.

Il gagne 1 fr. 25.

Le 100 de cuillères se vend ordinairement 11 fr., soit 0 fr. 11 la cuillère.

MANCHES DE BÊCHES.

Les manches de bêches se font dans plusieurs villages de l'arrondissement de Verdun, notamment à Saint-Remy.

On se sert de l'érable-plane pour cette fabrication, et du hêtre à défaut d'érable-plane.

Ces bois s'achètent en bûches de choix empilées en cordes et cubées en stères.

Le prix d'un stère d'érable-plane est de 10 fr. rendu à Saint-Remy.

On ne peut préciser le nombre de manches de bêches que donne 1 décistère, parce que les tourneurs ne mettent en œuvre que les bois faciles à travailler et rebutent tous ceux qui sont noueux et présentent quelques difficultés dans le travail.

Les manches de bêches se vendent à la botte; elle comprend 50 manches.

Le prix d'une botte est de 5 fr., soit 0 fr. 10 le manche.

Un tourneur de manches de bêches gagne 1 f. 25 et 1 f. 50 par jour, y compris la valeur des copeaux provenant de l'ébauche, évalués 2 fr. environ par stère de bois employé à cette fabrication.

OUVRAGES DE TOUR DE MALLANCOURT.

§ 1er.

Origine de l'industrie de Mallancourt. — Perfectionnement.

Vers la fin du dernier siècle, le village de Mallancourt, canton de Varennes, arrondissement de Verdun, était peu populeux et peu connu. Ses habitants vivaient pauvrement des produits de la culture. Un de ces hommes intelligents qui savent allier, à l'esprit d'observation, la persévérance et le travail, apporta à Mallancourt une industrie inconnue avant lui, et avec elle, l'état d'aisance et de prospérité. Cet homme, c'était Claude Arnould. Son nom d'ouvier était *La Tulipe*. Il fut pour ce village, ce que furent les *Jacquart*, les *Japy*, les *Kœclim* pour Lyon et pour l'Alsace.

Arnould avait vu travailler les bois à Saint-Claude; il conçut, dans ce pays, la pensée d'établir des tours à Mallancourt et d'utiliser, à des ouvrages de passementerie, les bois indigènes qui alors étaient à vil prix.

Plusieurs autres habitants l'imitèrent. Ils se servaient alors de tours à *pointes* mûs avec le pied, tels que ceux dont se servent encore nos tourneurs de chaises. Ces nouveaux industriels allaient à Paris conduire, eux-mêmes, avec des voitures et des chevaux leur appartenant, les produits de leur travail, dès qu'ils étaient fabriqués; ils en faisaient le placement, puis revenaient à Mallancourt en préparer de nouveaux.

Cependant, malgré les frais énormes que devaient occasioner de pareils voyages, les tourneurs de Mallancourt prospérèrent et leur industrie s'accrut rapidement.

La concurrence fit naître le perfectionnement dans les matières fabriquées et dans la manière de les fabriquer. Aux tours à *pointes* on substitua les tours *en l'air* qui sont d'un usage beaucoup plus facile que les premiers pour un grand nombre d'ouvrages. Ce perfectionnement ne remonte pas à plus de douze à quinze ans. Celui-ci fut bientôt suivi de plusieurs autres plus grands : trois fabricants de Mallancourt conçurent, il y a trois ans seulement, la pensée de faciliter le travail des tourneurs. Ils employèrent des chevaux appliqués à un manége pour faire mouvoir tous les tours d'un même atelier ; ils adoptèrent une meilleure distribution dans le travail. Les femmes, les enfants furent chargés des menus travaux, et les tourneurs n'eurent plus qu'à tourner.

Ces perfectionnements si simples furent pour ces trois fabricants une cause de fortune. Ils se distinguent des simples ouvriers par une position beaucoup meilleure ; ils ont des maisons, des dépôts à Paris et ont des agents chargés du placement des marchandises.

Quant aux moyens de transport des marchandises, on sait combien ils sont faciles aujourd'hui, et l'on comprendra aisément que les fabricants de Mallancourt ne conduisent plus leurs voitures eux-mêmes à Paris ou dans d'autres villes.

L'industrie de Mallancourt est restreinte à cette localité, dans la Meuse. Quelques habitants de Béthincourt et Septsarges (arrondissement de Montmédy), ont tenté de l'introduire dans ces communes ; mais cette concurrence a obtenu peu de succès jusqu'ici, soit à défaut de capitaux pour établir les ateliers, soit à défaut de relations commerciales, soit parce que les tourneurs se sont adressés aux principaux fabricants de Mallancourt eux-mêmes, pour placer les produits de leur fabrication et, certes, ceux-ci se sont bien gardés de favoriser des établissements qui pourraient leur faire une concurrence dangereuse s'ils étaient bien dirigés.

A Paris, l'on façonne des bois destinés aux usages de passementerie. On emploie le charme acheté dans les magasins de la capitale. Ce bois revient à un prix fort élevé. Ce prix d'acquisition et celui de fabrication dépassent quatre fois ceux de Mallancourt.

§ 2.

En quoi consiste l'industrie de Mallancourt.

L'industrie de Mallancourt consiste à façonner les bois de manière à les rendre propres à la passementerie. Celle-ci comprend le commerce de mille ustensiles servant à la décoration des appartements, à la confection des vêtements et à un très-grand nombre d'usage les plus communs de la vie.

Les bois servant à la passementerie sont généralement recouverts d'étoffes de soie, de laine, de coton, de fils métalliques d'or, d'argent, de l'un et de l'autre mélangés à la soie. Cependant quelques-uns de ces bois se montrent à nu, tels sont les glands de cannes, de parapluie, etc. Ces derniers sont ordinairement fabriqués avec des bois étrangers plus ou moins bien nuancés. Les plus riches fabricants de Mallancourt les fournissent ; mais nous pensons que c'est plutôt pour approvisionner les acheteurs sur tous les points que dans le but d'en retirer un profit important.

Les marchandises fabriquées à Mallancourt paraissent sous les formes les plus variées et souvent les plus bizarres. On ne s'en étonnera pas : c'est la mode qui en fournit les modèles et qui les change suivant ses caprices. Ces modèles sont, aujourd'hui, au nombre de plus de 200 et chacun d'eux comprend souvent des modifications plus ou moins sensibles. Nous nous bornerons à en indiquer quelques-uns.

La collection des glands est assez curieuse :

Glands français, à 9 pièces.	Maquarons.
Id. russes, à raies, à roulettes, etc.	Bourrelets.
	Œufs.
Id. anglais à 7 pièces.	Coulants d'embrasses.
Id. turcs.	Lambrequins.
Id. portugais.	Poires à gorge.
Id. prussiens.	*Id.* chinoises.
Id. polonais.	Glands de cordons.
Id. algériens.	*Id.* de manteaux.
Id. maroquins.	Boules plates.
Id. bédouins.	*Id.* vissées.
Id. chinois.	*Id.* 1/2 vissées.
Id. ordinaires.	*Id.* à raies.
Id. à flûtes.	Clochettes vissées.
Id. à baques.	Olives.
Id. à pots de fleurs.	*Id.* vissées.
Id. à sonnettes.	Colonnes vissées.
Id. à tortillards.	Globes.
Id. à gradins.	Vases.
Id. à chapeaux.	Bagues à 5 pièces.
Etc. etc. etc.	Boutons chinois.
Pompons.	*Id.* carrés, etc., etc.

Les principales villes où se vendent les produits de l'industrie de Mallancourt sont Paris, Tours et Lille. Lyon est également un fort entrepôt pour les moules de boutons de diverses formes.

Les deux villes principales de la Lorraine, Metz et Nancy, qui sont renommées pour la passementerie, n'en consomment que peu relativement.

§ 3.

Ouvriers tourneurs. — Durée annuelle de leur travail. — Leur salaire.

Tous les habitants de Mallancourt, à l'exception de quelques cultivateurs, se livrent aux ouvrages de tour.

Ils travaillent environ dix mois de l'année, les deux autres mois sont employés à rentrer les récoltes.

On compte 80 tourneurs, environ, qui sont des hommes faits ou des jeunes gens. Le reste de la population est occupé, soit à faire des moules de boutons au moyen d'emporte-pièces ou d'archets, soit à de menus travaux relatifs à l'industrie locale.

Depuis l'enfant de cinq ans jusqu'au vieillard de 70 et 80 ans, tout le monde est occupé. Les enfants et les vieillards débiles enfilent dans des ficelles les produits façonnés et les rangent par grosses et par masses. Rien de plus remarquable que cette activité à un âge où elle cesse pour les vieillards et n'a point encore commencé ordinairement pour les enfants.

Chaque ouvrier se procure son bois.

Chacun travaille chez soi.

Les industriels en grand, dont nous avons parlé, et qui ont des relations directes avec Paris et les grandes villes, achètent à tant la grosse ou la masse, les produits façonnés d'après les modèles qu'ils ont donnés.

Les produits de l'industrie de Mallancourt sont inégalement répartis. Les simples ouvriers employés en-dehors gagnent 1 fr. 70 par jour.

§ 4.

Bois employés par les tourneurs. — Leur valeur. — Produits de la fabrication.

Les bois mis en œuvre pour la passementerie dans les

ateliers de Mallancourt sont : le hêtre, le tremble, l'érable-plane et le bouleau. Les poiriers et les pommiers sont aussi réputés excellents.

Le chêne ne peut être employé à cet usage.

Le charme ne peut être utilisé que lorsqu'il est sec, et après deux ans d'exploitation.

Le hêtre, au contraire, se travaille vert; il est générale-ment employé aux mêmes ouvrages. Lorsqu'il est employé vert, il a l'inconvénient de rejeter la sève, et alors il tache les étoffes qui le recouvrent. Pour éviter ce défaut, on le teint avec la couperose, avec le bois d'Inde et le vitriol mélangés.

Le tremble sert à fabriquer les ouvrages les plus volumi-neux. On l'emploie souvent vert. On le fait sécher à l'avance, afin qu'il ne se jette pas lorsqu'on veut tourner des objets creux.

La diversité des formes et des grosseurs des bois em-ployés à l'industrie de Mallancourt permet difficilement d'apprécier leur volume en stère. Parmi ces produits, nous avons distingué le maquaron ordinaire. Il nous a paru représenter une quantité moyenne de bois et encore un temps moyen de travail; c'est donc sur lui que l'on peut fonder des calculs de rapprochement.

On consomme à Mallancourt, annuellement, 5,000 dé-cistères des bois désignés ci-dessus. Le décistère de hêtre fournit 3 masses de maquarons ordinaires. Les principaux industriels du pays paient, aux ouvriers, la masse de ces maquarons sur le taux de 6 fr. par décistère. Le décistère travaillé donnera donc 18 fr., et les 5,000 décistères 90,000 fr. En déduisant 2 fr. par décistère pour la valeur des bois, il restera 80,000 fr. pour payer le travail des ouvriers.

Il est également difficile d'apprécier à combien s'élève les produits en argent de l'industrie de Mallancourt. Pour y parvenir, il faudrait connaître le prix des ventes qui se font aux consommateurs à Paris, à Lille, à Lyon, etc. Il n'est pas aisé de se procurer des renseignements exacts sur ce point; toutefois, nous ne croyons pas être au-dessus de la réalité en estimant à 90,000 fr. les sommes gagnées annuellement par les trois industriels qui ont des entrepôts à Paris, et à 170,000 fr. les bénéfices que les habitants retirent de leur industrie.

§ 5.

Ateliers à manéges. — Perfectionnement.

Nous avons dit que trois ateliers de tours sont mûs par des chevaux appliqués à des manéges. Voici quelle est la disposition adoptée pour l'application de la force de ces chevaux.

Deux de ces animaux, les yeux bandés, font tourner horizontalement une roue dentée qui s'engraine sur une lanterne. L'axe de cette lanterne porte, à son extrémité, une grande roue sur laquelle sont enroulées des lanières qui s'enroulent elles-mêmes sur un tambour et lui donnent un mouvement de rotation sur son axe.

Ce tambour est placé au-dessus des tourneurs. Des lanières sont enroulées du tambour aux poulies des tours, en sorte que le tambour tournant fait mouvoir les poulies des tours.

Tout ce mécanisme est fait en bois de chêne. Huit tours *en l'air* sont mis en mouvement par ce système. Il est du reste assez mal conçu et mal exécuté. Voici les perfectionnements qu'on croit, au premier aperçu, pouvoir être facilement apportés à cette machine :

1° Toutes les parties qui la constituent et qui servent à faire mouvoir les tours, devraient être en fonte polie, convenablement entretenue de graisse ;

2° Toutes les roues devraient être évidées et par conséquent leurs principales masses portées à leur circonférence ;

3° Il faudrait à la machine un volant régulateur qui emmagasinât une quantité de force considérable, et fît à l'outil du tourneur une distribution toujours sensiblement la même ;

4° Il faudrait rendre les tours d'un même atelier indépendants les uns des autres, de manière que si l'un d'eux venait à être arrêté par une cause quelconque, la machine motrice ne cessât pas de fonctionner pour les autres.

On voit que le système d'après lequel les tours de Mallancourt sont mûs, doit être changé ou du moins modifié.

On voit encore, par les indications succinctes qui précèdent, quels avantages auraient des établissements de cette nature placés sur un cours d'eau : utiliser un cours d'eau, c'est déjà créer un produit.

Quoiqu'il en soit, l'industrie de Mallancourt doit fixer l'attention d'une manière particulière, et mérite tous les encouragements possibles. C'est une de celles qui, dans la Meuse, se sont maintenues dans un état prospère ; elle fait vivre dans l'aisance une population intéressante ; elle utilise des bois qui seraient infailliblement employés au chauffage, et, partant, elle leur donne une valeur plus grande ; enfin, elle attache plus fortement au gouvernement et à sa prospérité une classe laborieuse et estimable de citoyens, car l'industrie qu'elle exerce ne peut se maintenir que dans l'état de paix et de stabilité.

MANCHES A PINCEAUX.

Les habitants de la Meuse savent importer de tous les points de la France les industries praticables dans les diverses localités qu'ils habitent ; ils les perfectionnent et parviennent, par leur persévérance et leur habileté à obtenir tous les produits possibles des plus petites entreprises : la fabrication des manches à pinceaux en fournirait une preuve irrécusable, au besoin.

Les manches à pinceaux se fabriquent dans plusieurs localités, notamment à Varennes, à la Côte-de-Biesme et à Rarécourt, arrondissement de Verdun.

Ce genre d'industrie est naturellement restreint ; le chef ouvrier est lui-même entrepreneur. Il occupe un, deux ou trois ouvriers, et un ou deux apprentis ; ceux-ci ébauchent les bois et tournent les manches les plus faciles à travailler.

L'atelier établi à Varennes consomme 600 décistères par année, en moyenne.

Pour parvenir à fabriquer des manches à pinceaux, on scie les bois en troncs de la longueur qu'on veut donner aux manches ; on fend ensuite les troncs par tranches ou bâtons à peu près carrés, en ayant soin d'enlever le canal médullaire (le cœur), lequel n'est pas susceptible d'être travaillé utilement ; on expose ces tranches à l'action de l'air pendant quelques jours afin de leur donner un certain degré de dessication, puis on les ébauche à la plane. Les

manches dits à *quartiers* se finissent au moyen d'un instrument appelé *planeronde* dont le centre forme un demi-
cercle. Ces *planerondes* ont des dimensions différentes et
proportionnées au diamètre des pinceaux qu'on veut fabriquer.

Les autres manches à pinceaux se font au tour.

On distingue généralement quatre sortes de manches à
pinceaux : 1° Manches à *quartiers* ou de plafonneurs; 2° manches à vernis ; 3° manches à rechampir ou pinceaux de vi-
triers ; 4° manches à filets ou pinceaux à l'usage des peintres
à l'huile. Cependant ces manches varient fréquemment de
formes, d'une ville à l'autre ; les fabricants reçoivent souvent de diverses maisons de commerce de Paris ou de la
province des modèles très-variés; ils n'ont plus, alors,
qu'à imiter exactement ces modèles.

Les manches à pinceaux à *quartiers* se font en tremble
et bouleau.

On fabrique avec 1 décistère de bois de choix, cubé au
1/4 sans déduction, et fendant bien, savoir :

Pinceaux de 0^m,333 (12 pouces), 800 manches.
—   de 0^m,389 (14 *idem*), 700   —
—   de 0$_m$,417 (15 *idem*), 600   —
—   de 0^m,500 (18 *idem*), 400   —
—   de 0^m,583 (21 *idem*), 300   —
—   de 0$_m$,667 (24 *idem*), 225   —

Paris, Lille, Metz, Nantes et Charleville sont les principaux débouchés où se vendent les manches à pinceaux
fabriqués dans la Meuse.

Voici les prix de vente de ceux dits à quartiers :

Pinceaux de 0^m,333 (12 pouces), 1 fr. 75 le cent.
—   de 0^m,389 (14 *idem*), 2   50   —
—   de 0^m,417 (15 *idem*), 3   »   —
—   de 0^m,500 (18 *idem*), 4   »   —
—   de 0^m,583 (21 *idem*), 4   50   —
—   de 0^m,667 (24 *idem*), 5   50   —

Les frais de transport, pour Paris, sont de 6 fr. par 100
kilogrammes, non compris quelques menus frais de chargement.

Un ouvrier fait, moyennement, 400 manches par jour
de manches dits à *quartiers* (fendre, ébaucher et finir).

Tous les manches de pinceaux à vernir se font en frêne.

Ils se vendent, rendus à Paris, 4 fr. 75

Pour ces manches il n'y a pas de différents prix, le fort emporte le faible.

Quand les bois fendent bien, on fait, avec un décistère :

Pinceaux de 0^m,250 (9 pouces), 800 manches.
— de 0^m,278 (10 *idem*), 700 —
— de 0^m,306 (11 *idem*), 600 —
— de 0^m,333 (12 *idem*), 500 —
— de 0^m,361 (13 *idem*), 400 —
— de 0^m,389 (14 *idem*), 300 —

Un ouvrier en fait 250 par jour, en moyenne.

Les manches de pinceaux à persiennes se font en frêne. Ils se vendent 2 fr. 50 le cent.

Les manches de pinceaux à rechampir se font avec le tremble et le bouleau.

Ils se vendent 1 fr. 25 le cent, petits et gros.

On pourrait faire jusqu'à 3,000 manches avec 1 décistère cubé au 1/4 sans déduction : mais il faudrait que le bois fendît bien.

Un ouvrier peut en faire 600 par jour, moyennement.

Quant aux manches de pinceaux à filets, on en fait peu ; on les remplace la plupart du temps par des manches à rechampir.

Les ouvriers qui se livrent à cette sorte d'industrie gagnent 0 fr. 15 à 0 fr. 25 par cent de manches. Leur journée vaut 1 fr. 65, en moyenne.

Pour qu'on puisse se rendre parfaitement compte de cette fabrication, nous ajouterons, comme complément de renseignements, qu'un décistère de frêne, cubé au 1/4 sans déduction, vaut 5 fr. 50, rendu à l'atelier, et qu'un décistère de bouleau et de tremble vaut 2 fr. 50 à 3 fr. 1 décistère d'aulne, également rendu à l'atelier, vaut 1 f. 50 et 1 f. 75.

MARTINETS.

Le tremble, l'aune et le saule-marsault servent à fabriquer les martinets. Cette fabrication existe dans plusieurs villages de l'arrondissement de Verdun.

Ces bois sont débités, savoir :

Longueur. . . . 0^m,325 (12 pouces).
Diamètre. . . . 0^m,081 (3 pouces).

On fabrique 3 grosses 1/2 (504 bois), avec un décistère de tremble ou d'aulne.

Les frais de fabrication d'une grosse sont de 2 fr. 90.

Les manches de martinets se vendent 4 fr. 80 la grosse soit 0 fr. 03 l'un.

FABRIQUES HYDRAULIQUES

ET

TOURNERIES DIVERSES.

Les fabriques hydrauliques qui existent à Dieue et à Sommedieue, arrondissement de Verdun, et à Montaubois, commune de Lavignéville, arrondissement de Commercy, méritent une attention particulière à raison de la variété des marchandises qu'elles produisent et de l'intelligence avec laquelle elles sont dirigées.

On fabrique dans ces usines des bâtons connus, à Paris, sous la dénomination de bâtons *à thyrses*, des cannes de parapluies, des baguettes d'ombrelles, des queues de billards et des bâtons métriques.

On fabrique à Sommedieue des bois ou planchettes à chaufferettes, des attelles de malles et des lames ou planchettes de jalousies.

On fabrique à Dieue des règles pliantes pour le dessin, des règles plates à l'usage des bureaux, des *bâtonnets* ou *carrelets* (règles carrées), des équerres et, enfin, des *pistolets* (courbes pour le dessin).

On se sert de l'érable-plane pour cette dernière fabrication.

Nous ne croyons pas devoir entrer dans les détails nombreux qu'exigent la confection de ces minces objets; mais ils témoignent d'une manière fort remarquable de l'activité qui existe dans l'industrie *Meusienne*.

Les usines de Sommedieue et de Dieue consomment, chacune, 1,800 à 2,000 décistères, année moyenne, en bois indigènes.

Les cours d'eau qu'alimentent les belles et nombreuses fontaines qui surgissent dans le vallon étroit où le village de Sommedieue est situé y ont attiré l'industrie; c'était, y a vingt-cinq ans, un pays ignoré dont les habitants étaient pour ainsi dire perdus au milieu des forêts; aujourd'hui il répand les produits de ses fabriques dans toute la France et à l'étranger (1).

BATONS A THYRSES.

Les bâtons *à thyrses* sont employés à soutenir les rideaux et les draperies des lits, ceux des alcôves, des portières et des fenêtres. Ils font l'office de tringles.

On se sert du hêtre pour la fabrication des bâtons *à thyrses* et quelquefois du chêne. Cette dernière essence est préférée pour la fabrication des bâtons de grandes dimensions, tels sont ceux destinés à soutenir les rideaux des alcôves.

Ces bois se vendent : le hêtre 3 fr. 50 et 4 fr. le décistère, rendu à l'usine et cubé au 5ᵉ déduit, et le chêne 4 f. 50 et 5 f.

Les bois destinés à cette fabrication sont amenés en grumes à l'usine. Ils sont, d'abord, équarris à la hache comme les bois de charpente (2); ils sont ensuite sciés en madriers au moyen de scies verticales mues par un cours d'eau. Cette scie monte et descend soixante-cinq fois en une minute. Les madriers sont débités en parallélipipèdes par une scie circulaire qui fait 800 tours par minute.

On scie les bois pendant qu'ils sont verts, mais on ne les tourne que lorsqu'ils sont suffisamment secs ; à cet effet, on les expose à l'action de l'air en piles claires pendant deux mois environ.

On tourne les bâtons *à thyrses* au moyen de trois gouges et d'une plane fixée dans un mandrin en cuivre. Celui-ci est attaché par un pas de vis à l'extrémité d'un cylindre en fer creux. A ce cylindre est enlacé un collier en cuir qui imprime un mouvement de rotation précipité à la *tournerie* hydraulique. Le cylindre fait dix-huit cents tours sur lui-même en une minute.

Les bois préparés par la scie verticale à devenir des bâtons *à thyrses* comportent 0ᵐ,035 à 0ᵐ,040. Ils sont carrés. Ils entrent sous cette forme dans le mandrin et en sortent sous la forme cylindrique. Un ouvrier introduit les parallélipipèdes dans le mandrin, un autre les tire du côté opposé.

Le diamètre des bâtons *à thyrses* est variable : ils ne

---

(1) Outre les usines à bois, il existe à Sommedieue, une très-belle fabrique de lacets ; elle pourrait, en un jour, fabriquer un lacet assez grand pour qu'on pût, de Sommedieue, l'attacher au guichet du Carrousel.

(2) Dans *la tournerie* de Montaubois ils sont équarris à la scie verticale.

dépassent pas 0^m,0295, quand ils sont destinés à être vendus dans la capitale; le motif en est que les bois ainsi fabriqués n'ont pas à payer un droit d'octroi lorsqu'ils ne comportent pas 1 diamètre de 0^m,030.

La longueur des bâtons *à thyrses* varie depuis 1^m,33 à 4 mètres.

Les deux ouvriers employés à présenter et à sortir les bois du tour passent 660 et jusqu'à 800 mètres courants de bâtons en un jour.

Il faut 18 décistères pour obtenir 1,000 mètres courants de bâtons *à thyrses* de différentes dimensions, déduction faite des rebuts, soit, en moyenne, 55 à 56 mètres courants par décistère.

Le prix de 1,000 mètres courants de bâtons *à thyrses* de petites dimensions, rendus à Paris, est de 0 fr. 12 le mètre, soit 120 fr. le 1000.

Le prix des bâtons des plus fortes dimensions est de 0 fr. 16 le mètre courant, soit 160 fr. le 1000, rendu à Paris.

Les frais de transport de 100 mètres courants de bâtons de petite dimension sont de 2 fr. 75, soit pour 1000 mètres 27 fr. 50.

Les mêmes frais pour les plus fortes dimensions, sont de 3 fr. 50, soit, pour 1,000 mètres, 35 fr.

Les tourneries emploient six et sept ouvriers. Un d'eux est spécialement chargé de mettre les bois en bottes et d'aider aux chargements. Ces ouvriers gagnent depuis 1 fr. à 1 fr. 75 par jour.

CANNES OU MANCHES DE PARAPLUIES.

On se sert de l'érable-sycomore, de l'alizier, du charme, du chêne, du tilleul et du hêtre pour la fabrication des cannes ou manches de parapluies. Le hêtre sert à tourner les plus gros manches. On parvient à imiter le bambou des Indes avec le tilleul; avec le charme on imite l'ébène; avec le chêne on imite le palmier.

Les bois destinés à la fabrication des cannes de parapluies peuvent être mis sur le tour avant d'être parvenus à un degré de dessication avancé, et sans avoir été préalablement empilés et exposés à l'action de l'air.

Les bois destinés à cette fabrication subissent les mêmes préparations que ceux qui sont employés à faire des bâtons *à thyrses*. Ils sont, d'abord, équarris, puis sciés en madriers au moyen de scies verticales ; ils sont ensuite débités en parallélipipèdes de $0^m,019$ (8 lignes), d'épaisseur, en employant la scie circulaire, après quoi ils sont introduits dans un mandrin en cuivre, armé de deux gouges et d'une plane. Le calibre de ce mandrin, qui fait l'office du tourneur, est proportionné au diamètre des cannes à fabriquer. Les bois y entrent sous la forme d'une parallèlipipède et en sortent sous la forme cylindrique.

La longueur des manches de parapluies varie depuis $1^m,00$ à $1^m,083$ (36 à 39 pouces), leur diamètre varie depuis $0^m,012$ à $0^m,019$ (5 à 8 lignes).

Les deux ouvriers chargés d'introduire les parallélipipèdes dans le mandrin, et de les conduire à leur sortie, passent 1,000 mètres courants en un jour, en moyenne.

On fabrique 200 à 215 cannes de parapluies avec un décistère de hêtre, déduction faite des rebuts.

Les ouvriers employés à cette fabrication sont en nombre égal à celui des ouvriers qui confectionnent les bâtons *à thyrses*. Leurs rétributions sont les mêmes.

Les cannes de parapluies se vendent à Paris, à Metz et autres villes.

Le prix de 100 cannes de chêne, rendues à Paris, est de 5 fr. 50. Les cannes d'autres essences se vendent 4 fr. 50 et 5 fr.

Les frais de voiture sont de 0 fr. 80 par cent.

BAGUETTES D'OMBRELLES.

Ce que nous avons dit concernant la fabrication des bâtons *à thyrses* et des cannes de parapluies est applicable à celle des baguettes d'ombrelles.

Elles se font ordinairement avec le charme. On emploie aussi le chêne, l'alizier et d'autres bois, et même le prunier de nos jardins ; mais le charme est l'essence dont on se sert le plus ordinairement.

Le prix d'un décistère de charme, cubé au 5e déduit, et rendu à l'usine, est de 3 fr. Le chêne se vend 4 fr. 50 et 5 fr.

On fabrique, dans la *tournerie* de Sommedieue, des baguettes à ombrelles avec le palmier importé de Cayenne au Hâvre. Par réciprocité, le charme de Sommedieue, fabriqué en baguettes d'ombrelles, pourrait fort bien être exporté dans ce chef-lieu de la Guyanne-Française où, certes, les ombrelles sont beaucoup plus utiles que dans la Meuse.

Les baguettes d'ombrelles ont, ordinairement, 0ᵐ,833 à 1ᵐ,00 (30 à 36 pouces), de longueur ; et 0ᵐ,007, 0ᵐ,009 et 0ᵐ,012 (3, 4, 5 lignes), de diamètre.

On fabrique 300 baguettes avec un décistère, cubé au 5ᵉ déduit. Vu l'exiguité des produits fabriqués, les rebuts sont nombreux.

On peut passer au mandrin 1,000 baguettes d'ombrelles en un jour, terme moyen.

Le mandrin, qui fait l'office du tourneur, n'est armé que d'une gouge et d'une plane.

Les mêmes ouvriers qui sont employés à la fabrication des bâtons *à thyrses* et des cannes de parapluies, servent à celle des baguettes d'ombrelles. Ils reçoivent les mêmes rétributions.

Les baguettes d'ombrelles en charme se vendent 4 fr. le cent, à Paris. Les baguettes de palmier se vendent 10 à 12 fr.

Les frais de transport sont de 0 fr. 45 par cent.

QUEUES DE BILLARDS.

On fabrique des queues de billards dans la *tournerie* de Sommedieue.

On emploie le frêne à cette fabrication ; cependant on se sert aussi très-utilement de l'alizier, du poirier et de l'érable-plane.

Les queues de billards comportent 1ᵐ,50 à 1ᵐ,667 (4 pieds 1/2 à 5), de longueur, et 0ᵐ,033 à 0ᵐ,042 (14 à 18 lignes) de diamètre, au gros bout.

On peut en faire 50 à 55, avec un décistère cubé au 1,4 sans déduction.

On ouvrier, dirigeant la *tournerie*, en confectionne 50 par jour, en moyenne, et convertit conséquemment un décistère en queues de billards, en une journée.

Il gagne 2 fr.

6

Les ouvriers qui tournent les queues de billards sont les mêmes que ceux qui sont employés dans les *tourneries* à faire des bâtons *à thyrses* et les cannes de parapluies. Le mode de fabrication est le même à cela près qu'on finit les queues de billards à la varlope, mue par la machine hydraulique.

Les queues de billards, rendues à Paris, se vendent 2 fr. 40 la douzaine, soit 0 fr. 20 la queue.

La douzaine de queues pèse 6 kilog. environ. Les frais de transport sont de 2 fr. 50 par 0/0.

Les queues ordinaires, dites *à plaques*, finies et garnies, se vendent, à Paris, 11 fr. la douzaine. Celles dites à *abatage*, également finies et garnies, se vendent 12 fr.

BATONS MÉTRIQUES.

(MÈTRES-CANNES, MÈTRES CARRÉS).

On fait des bâtons métriques, carrés et cylindriques dans les *tourneries* de Sommedieue.

Pour fabriquer les bâtons métriques, on se sert des procédés et des mêmes ouvriers que ceux qui sont employés pour confectionner les autres ouvrages qui proviennent des mêmes *tourneries*.

Le hêtre est le bois avec lequel on fait des bâtons métriques.

Avec un décistère, cubé au 1/4 sans déduction, on en fabrique 170 à 180.

Leur diamètre est de $0^m,019$ (8 lignes).

Un ouvrier fabrique 150 bâtons de cette espèce par jour, en moyenne.

Il gagne 1 fr. 50.

Cent bâtons métriques, non divisés ni ferrés, se vendent 4 fr.

ATTELLES A MALLES.

On fabrique avec le hêtre, à Sommedieue, arrondissement de Verdun, des attelles ou planchettes à malles.

On débite les bois destinés à cet usage sur une épaisseur de $0^m,005$ à $0^m,007$ (2 lignes 1/2), une largeur de $0^m,028$ à $0^m,333$ (1 à 12 pouces), et une longueur de $0^m,667$ à $1^m,333$ (2 à 4 pieds).

On se sert de la scie circulaire pour débiter ainsi le bois.

Avec un décistère de hêtre, cubé au 1/4 sans déduction, on fait 6 bottes 1/2 d'attelles à malles. La botte est de 12 planchettes ou attelles (78 attelles, en moyenne).

Un ouvrier fait 700 bottes par jour.

Il gagne 1 fr. 50.

Les attelles à malles se vendent à Paris et à Metz.

Le prix d'une botte, rendue à Paris, est de 1 fr. et 1 fr. 20.

Les frais de transport sont de 0 fr. 35.

BOIS A CHAUFFERETTES.

On fabrique encore à Sommedieue des bois ou planchettes destinés à garnir l'extérieur des chaufferettes.

Le hêtre est le bois qu'on emploie à cette fabrication.

On le débite à la scie circulaire dans les dimensions de $0^m,009$ (4 lignes) d'épaisseur et $1^m,667$ (42 pouces) de longueur, sur une largeur variable. On achève le travail au rabot.

La longueur moyenne des planchettes est de $1^m,19$ (20 pouces), leur largeur est de $0^m,11$ (4 pouces) et l'épaisseur de $0^m,003$ (1 ligne 1/2).

Ces bois ainsi débités se vendent à la botte.

La botte contient 12 planchettes.

On fabrique 22 bottes de planchettes avec un décistère cubé au 1/4 sans déduction.

Un ouvrier employé à présenter les bois à la scie circulaire et à diriger le travail fait 77 bottes de planchettes par jour.

Son salaire est de 1 fr. 90.

On vend les bois à chaufferettes à Paris et à Metz.

Le prix de la botte, rendue à Paris, est de 0 fr. 90 et 1 fr.

Les frais de transport sont de 0 fr. 35.

LAMES DE JALOUSIES.

On fabrique, à Sommedieue, des lames ou planchettes de jalousies.

Le chêne est l'essence qu'on emploie à cette fabrication.

Les bois destinés à cet usage se débitent à la scie verticale et à la scie circulaire, successivement, de la même manière que les attelles à malles.

Les lames de jalousies comportent : 0^m,11 (4 pouces) de largeur, 0^m,005 (2 lignes) d'épaisseur, 0^m,66, 0^m,83, 1^m,00, 1^m,16 et 1^m,33 (24, 30, 36, 42 et 48 pouces) de longueur.

On fabrique 15 douzaines de lames (180) avec un décistère cubé au 1/4 sans déduction.

Un ouvrier employé à présenter les bois à la scie et à suivre le travail débite 5 décistères en un jour.

Il gagne 1 fr. 90.

La botte de lames de jalousies se vend 0 fr. 90.

Le frais de transport pour Paris sont de 0 fr. 50.

ARÇONS DE SELLES ET SELLETTES.

On fabrique des arçons de selles ainsi que des sellettes à *bâtines* et à *jour*, pour harnais de cabriolets, dans les villages de Mouilly, canton de Fresne-en-Woëvre, et du Neufour, canton de Clermont, arrondissement de Verdun.

Le hêtre et l'érable-plane sont les bois qu'on emploie de préférence à cette fabrication.

Il existe à Mouilly huit ateliers principaux qui consomment, ensemble, 800 à 850 décistères par année, en moyenne.

Le prix d'un décistère de ces bois, cubé au 1/4 sans déduction, est de 2 fr. 80 à 2 fr. 90 rendu dans les ateliers.

L'ouvrier *arçonnier* scie les bois par troncs et les débite à la hachette; il les finit à la plane; il les assemble et les fixe à clou et à colle, puis il enlève toutes les aspérités à la râpe.

On fabrique des arçons et des sellettes de différentes dimensions et formes.

Les sellettes dites à *bâtines* diffèrent des autres en ce qu'elles présentent une surface creusée pour recevoir et donner jeu à la dossière du cheval. La *bâtine* est un morceau de bois de 0^m,111 à 0^m,139 (4 à 5 pouces) carrés qui sert à couvrir cette partie laissée à jour dans les autres sellettes.

Avec 1 décistère de hêtre on fabrique une douzaine de sellettes de 0^m,25 à 0^m,33 (9 à 12 pouces).

Avec 0st,15 on fabrique une douzaine d'arçons de 0^m,417 à 0^m,444 (15 à 16 pouces); ces dimensions sont celles qui sont plus en usage.

La dépense des clous et de la colle est estimée 0 fr. 65 pour la fabrication d'une douzaine d'arçons.

Un bon ouvrier peut confectionner 2 douzaines 1 2 d'arçons et de sellettes à *bâtines* par semaine et 3 douzaines de sellettes dites à *jour*.

Il gagne 1 fr. 75 par jour.

La douzaine d'arçons de 0^m,417 à 0^m,444 (15 à 16 pouces) se vend, prise dans les ateliers. . .   9 fr.

La douzaine d'arçons de 0^m,444 à 0^m,500 (16 à 18 pouces) se vend. . . . . . .   10 à 11

Les sellettes se vendent :

Celles de 0^m,167 à 0^m,333 (6 à 12 pouces)   5

Les mêmes, de formes dites à *bâtines*. .   7

Les *bâtines* à jour de 0^m,361 à 0^m,389 (13 à 14 pouces). . . . .   6 à 8

Ces produits sont conduits, par terre, à Paris, à Metz, Strasbourg, Nancy, Châlons, etc. Ils y sont ferrés et quelques-uns sont exportés jusques aux colonies.

Le transport pour Paris coûte 1 fr. la douzaine.

La douzaine de sellettes de 0^m,25 à 0^m,33 (9 à 12 pouces) pèse 15 à 18 kilogrammes.

ATTELLES A COLLIERS.

On fabrique les attelles à colliers, le plus souvent, en forêt, dans les coupes en exploitation. Il existe cependant des ateliers consacrés à cette fabrication dans plusieurs villages de la Meuse, notamment à Rupt-en-Woëvre, au Neufour, aux Islettes, à Boureuille, etc.

Les attelles à colliers se font avec le hêtre.

Leurs formes et dimensions varient suivant la force et l'usage des colliers auxquels elles doivent être adaptées. Nous nous bornerons à indiquer les plus ordinaires. Elles sont connues sous les dénominations de *namuroises*, à *miroir* et *demi-normandes*.

Pour la fabrication des attelles, on scie le bois de hêtre en tronces de 0^m,813 à 0^m,867 et 0^m,975 (30, 32 et 36 pouces) de longueur, sur 0^m,217 à 0^m,271 (8 à 10 pouces) de largeur, pour le ramener à une largeur moyenne de 0^m,108 à 0^m,162 (4 à 6 pouces) et une épaisseur de 0^m,034 à 0^m,041 (15 à 18 lignes).

On fabrique 12 à 14 paires d'attelles avec un décistère cubé au 5e déduit.

On obtient 14 paires d'attelles, dites *à miroir*, en usage

dans le Barrois, d'un décistère cubé comme il vient d'être dit.

Un bon ouvrier fabrique 15 paires d'attelles par jour.

Il gagne 1 fr. 50 par douzaine.

Le prix de vente est de 9 à 11 francs la douzaine, prise en forêt. Les attelles dites *demi-normandes* se vendent 12 et 13 fr.

PELLES.

Les pelles se font avec le hêtre.

Les arbres de 1^m,632 (58 pouces) et au-dessus peuvent être employés utilement à cette fabrication ; mais on préfère ceux de 2 mètres et 2^m,33 : il y a moins de perte dans le débit à employer ces derniers.

Les dimensions des pelles varient suivant l'usage auquel on les destine. Voici celles qui sont plus ordinairement suivies dans le débit des bois employés à cette fabrication :

1^m,110 (41 pouces) de longueur, 0^m,298 (11 pouces) de largeur, et 0^m,054 (2 pouces) d'épaisseur.

Huit décistères, au 5e déduit, suffisent pour confectionner 100 pelles des dimensions ci-dessus.

Les bois employés à la fabrication de dix douzaines de pelles fournissent, en outre, 3 stères de copeaux et de débris d'une valeur de 3 fr. 50 le stère.

Un bon ouvrier fabrique 20 à 25 pelles par jour.

Il gagne 1 fr. 50 par douzaine de pelles.

Elles se vendent 42 à 45 fr. le cent, prises dans les ateliers.

VANNERIE.

De temps immémorial on a fabriqué des paniers et des hottes dans les villages de Vaux-les-Palameix, canton de Vigneulles, arrondissement de Commercy, et de Mouilly, canton de Fresne-en-Woëvre, arrondissement de Verdun. Cette industrie existe aussi à Rupt-en-Woëvre, mais d'une manière fort restreinte.

Les villages de Vaux-les-Palameix et de Mouilly sont situés dans des vallons très-resserrés au milieu de vastes forêts. Leur territoire comprend fort peu de terres arables et de prairies, et le sol est ingrat et très-peu fertile. La vannerie vient au secours des habitants et donne des moyens d'existence aux quatre cinquièmes d'entre eux. Dans le village de Vaux–les–Palameix, elle emploie, savoir : 100 hommes, 68 femmes et 80 jeunes filles de l'âge de dix à vingt-cinq ans.

Les trois cinquièmes de ces individus travaillent exclusivement à faire des paniers d'osiers.

La vannerie emploie, à Mouilly, 140 hommes, 100 femmes et 110 jeunes filles de l'âge de dix à vingt-cinq ans.

Les trois quarts des hommes de ce village travaillent exclusivement à la fabrication des hottes ; les autres, ainsi que les femmes, fabriquent des paniers d'osiers, de coudriers et menus bois.

Les habitans de Rupt–en–Woëvre, qui se livrent à la vannerie, sont en petit nombre. Ils emploient le coudrier à faire des *charpagnes* et des paniers appelés *entre–deux*, dans lesquels on place les couverts et couteaux de table.

Il y a peu d'années, les bois qui servaient à la vannerie de Vaux–les–Palameix et de Mouilly étaient enlevés en délit non–seulement dans les forêts voisines de ces villages, mais dans toutes les forêts, à trois, quatre et cinq lieues à la ronde ; mais depuis douze ou quinze ans, la vigilance de l'administration des forêts, l'activité de ses poursuites et la juste sévérité du ministère public et des tribunaux ont apporté de grandes modifications à cet état de choses anormal. Espérons que cette population industrieuse et intéressante comprendra que, dans un pays où l'empire des lois est devenu le seul pouvoir absolu, la rapine ne peut exister impunément et ne peut être profitable à ceux qui osent s'y livrer.

Les habitants de Vaux–les–Palameix et de Mouilly emploient, aujourd'hui, à leur industrie, des osiers achetés à Auzéville ; ils en récoltent dans des oseraies plantées sur le bord des ruisseaux, dans les prairies, sur leur territoire et celui des communes voisines ; ils achètent les autres bois dans les coupes en exploitation, et les délits deviennent plus rares que par le passé.

On fabrique à Vaux–les–Palameix et à Mouilly des paniers à vendanges,

Des *charpagnes* (panier sans anses),

Des hottes,

De petits paniers dits *bibelots* et *bacoulettes*,

D'autres sans dénominations particulières, connus par l'indication des N°s *huit*, *dix*, *douze*, *quinze*, *vingt*, *vingt-cinq* et *trente*;

Enfin des corbeilles et des vans.

Quelques-uns se font sans osier : tels sont les paniers à vendanges, les *charpagnes* et les hottes. Les autres se font, en tout ou en partie, avec l'osier ou avec un mélange d'autres bois.

Le cornouiller mâle, le cornouiller sanguin, le troëne, la mancienne ou coudre cotonneuse, l'érable-plane, l'érable, le chêne, le hêtre, l'alizier blanc (allouchier), le tremble, le tilleul et même l'églantier sont les bois qu'on emploie à la fabrication des paniers.

Le tissu des corbeilles et des vans se compose d'osier et la carcasse ou la charpente se fait avec l'érable-plane ou le chêne. On emploie aussi le saule, mais seulement pour les poignées.

La carcasse des hottes se fait en érable-plane, en érable et en chêne; le fond est ordinairement en hêtre et le tissu en érable-plane. Les cordons des extrémités se font en bois très-flexibles et, par ce motif, la mancienne est le bois qu'on préfère.

Le coudrier, pour les paniers qui se font sans osier, se débite en rubans très-minces ou en petites baguettes dites *longues-côtes* et en plus grosses baguettes pour les anses.

C'est à l'aide des dents et des mains, mais sans aucun outil, que l'on met le coudrier en rubans.

L'osier s'emploie en rubans et en baguettes ou verges, presque toujours en trois, rarement en quatre. L'instrument dont on se sert est appelé *fenderot* par les ouvriers vanniers. Quand l'osier est fendu on le met en rubans au moyen d'une sorte de rabot qu'on appelle *celissoir*.

On emploie des bois coloriés à la fabrication des paniers et *charpagnes*. Ces bois sont teints en rouge, bleu et vert. On se sert de bois de campêche pour teindre en rouge, de bois d'inde pour teindre en bleu, et de vert de gris pour teindre en vert. L'alun sert de caustique.

Le chêne, le hêtre, l'érable-plane, l'érable et l'alizier blanc, employés à la vannerie, se vendent au stère, comme les bois de chauffage; les autres bois se vendent par bottes ou fagots de la charge d'un homme.

La botte d'osier, pesant ordinairement 15 kilogrammes, coûte, prix moyen, 5 fr.

La charge de coudrier, 2 fr. 50.

Le troëne, la mancienne, le cornouiller, etc., 1 fr. 25.

Le stère de chêne, composé de brins choisis, se vend 18 à 20. fr.

L'érable-plane se vend le même prix.

L'érable commun, 18 fr.

Le stère de hêtre, 11 fr.

.   La vannerie fabriquée sans osier se vend ordinairement dans la Meuse et ses environs; quant à celle pour laquelle on emploie de l'osier, elle est achetée sur place, par des marchands qui la transportent dans la Moselle, la Meurthe, les Vosges, le Bas et Haut-Rhin, le Doubs, le Jura, la Haute-Saône, la Côte-d'Or, dans la Champagne et même en Normandie.

Tous les objets de vannerie fabriqués dans les villages de Vaux-les-Palameix et de Mouilly se vendent chez les fabricants, savoir :

Les paniers de vendange, la douzaine, 1 fr. 50.

Les *charpagnes*, le paquet de deux, entrant l'une dans l'autre, 0 fr. 30

Le paquet de cinq, entrant l'une dans l'autre, 0 fr. 60.

Le paquet de huit,   *idem*,   1 fr.

Les paniers dits *entre-deux*, pour couverts et couteaux de table, 2 fr.

Les hottes, chacune, 0 fr. 60.

Les paniers dits *bibelots,* la douzaine, 0 fr. 70.

Ceux dits *bacoulettes*, variant de dimensions, la douzaine, prix moyen, 1 fr. 70.

Ceux qui sont désignés sous les Nos 8 et 30, s'achètent, la pièce, au prix moyen de 0 fr. 80.

Les corbeilles entrant l'une dans l'autre, la douzaine, 6 f.

Les vans variant peu en dimensions, coûtent, terme moyen, la pièce, 4 fr. 25.

Le salaire des ouvriers employés à différents ouvrages de vannerie peut être évalué, déduction faite de tous faux-frais, savoir :

La journée des hommes, depuis 1 fr. à 1 fr. 50.

Celle des femmes, de 0 fr. 50 à 0 fr. 60.

Celle des jeunes filles, de 0 fr. 40 à 0 fr. 50 c.

Les produits de la vannerie, pour 248 habitants de Vauxlès–Palameix qui se livrent à cette fabrication, peuvent être évalués de 155 à 160 fr. par jour, soit, pour 300 journées de travail par année, 46 à 48,000 fr.

Les mêmes produits, s'élèvent, à Mouilly, à 80,000 fr. par année, environ.

MARQUETERIE.

Nous terminons ce recueil de renseignements statistiques, sur *l'emploi des bois dans la Meuse*, par quelques détails concernant une fabrication nouvelle qui paraîtra peu intéressante, sans doute, si on ne l'envisage que sous le rapport de la consommation matérielle des bois indigènes qui entrent dans les objets fabriqués, mais qui, selon nous, offre un grand intérêt en ce qu'elle donne une juste idée de l'industrie *Meusienne* et des détails immenses qu'elle embrasse :

« C'est dans un faible objet, imperceptible ouvrage,
» Que l'art de l'ouvrier se montre davantage. »

On fabrique à Amel, canton de Spincourt, arrondissement de Montmédy, des boîtes et ouvrages de marqueteries sous les formes les plus variées et les plus gracieuses.

C'est en 1825 que cette industrie a été importée dans la Meuse. Quelques ébénistes et menuisiers d'Amel, et entre autres le sieur Jacquemot, leur doyen d'âge, ayant travaillé à la marqueterie, à Paris, l'introduisirent dans leur pays au grand étonnement des autres habitants.

Cette industrie occupe 70 ouvriers et en outre 8 ou 10 ouvrières connues dans la pratique de cette profession sous le nom de *garnisseuses* ; celles–ci placent les glaces, les velours, les damas, les maroquins et les papiers de toutes les nuances et de tous les dessins dans les différents ouvrages fabriqués à Amel.

Ces ouvriers sont divisés en trois ateliers différents. Ces ateliers fabriquent, tous trois, pour le compte d'une ou deux maisons de Paris, entre autres ouvrages de marqueteries, ceux dont le détail suit :

1° Caves porte–liqueurs ;
2° Boîtes à gants ;
3° Boîtes à ouvrages ;
4° Nécessaires de toutes les formes ;
5° Boîtes à épargnes ;

6° Boîtes à thé ;

7° Boîtes à sucre ;

8° Boîtes à épingles ;

9° Boîtes à odeurs ;

10° Boîtes d'armes et particulièrement de pistolets ;

11° Boîtes à l'usage des chirurgiens et médecins ;

12° Boîtes à mouchoirs ;

13° Pupîtres ;

14° Porte-cigares ;

15° Boîtes de mariages, les plus grandes de toutes, etc., etc.

Chacun de ces ouvrages comprend plusieurs grandeurs, plusieurs formes, plusieurs numéros; la mode et ses caprices, les modifie et les fait abandonner ou reprendre avec de légers changements.

On emploie à cette fabrication, entre autres bois exotiques, l'acajou, le palissandre, l'ébène, le citronnier, l'érable de Turquie si gracieusement moucheté, etc.

On emploie aussi, mais rarement, les racines d'orme et de frêne de nos climats.

Il est fort rare que les bois dont nous venons de parler soient employés d'épaisseur : ils servent de placage et revêtent le peuplier et le tremble indigènes. On a employé aussi le hêtre ; mais il est trop lourd et plus difficile à travailler, et l'on a dû renoncer à s'en servir.

Les ouvrages de marqueterie sont ornés d'incrustations dont les formes et les dessins varient à l'infini. Les incrustations blanches, appliquées sur le palissandre, se font avec le houx de nos montagnes. Sur l'ébène et les bois de couleur brune, les incrustations se font avec la nacre et avec des compositions métalliques. Le corail est richement employé aux incrustations sur le citronnier, etc.

Ces incrustations ainsi que les serrures et charnières destinées à la confection des boîtes et autres ouvrages de marqueterie, sont envoyées de Paris par les maisons qui entretiennent les ateliers d'Amel. Ces maisons fournissent aussi aux ouvriers des moulures et des baguettes et ornements les plus variés et plus ou moins riches. Ces moulures et ornements se fabriquent à la mécanique et souvent à l'emporte-pièce.

Les bois employés à la marqueterie se débitent à la scie circulaire. Un manége mû par un cheval sert à débiter les bois de peupliers et autres bois blancs sur lesquels se fait

le placage des bois exotiques. Les ouvriers travaillent les
bois, les assemblent, font les collages, les placages, puis il
les polissent et vernissent. Les *garnisseuses* font les embel-
lissements intérieures des différents ouvrages de marqueterie
confiés à leurs soins.

On polit les bois et les ornements avec le biscuit de mer,
avec la pierre ponce, avec le papier de ver fin et avec la
terre pourrie (mélange de terre et de sable fin).

On vernit avec la gomme-laque blanche et jaune mélangée
d'esprit-de-vin.

Les ouvriers d'Amel gagnent 1 fr. 50 par jour, les plus
forts ouvriers gagnent 1 fr. 75 et 2 fr. Le salaire des apprentis est basé sur le plus ou moins d'expérience et
et d'habileté qu'ils possèdent.

———

Au moment où nous livrons à l'impression les renseignements statistiques qui précèdent, nous apprenons qu'un
établissement pareil à celui qui existe à Amel vient d'être
formé à Senon, village voisin d'Amel, et que 20 ouvriers y trouvent des moyens d'existence. Ainsi l'industrie
Meusienne s'agrandit en même temps qu'elle se perfectionne
sur tous les points.

Nous sommes heureux de signaler cette émulation active
et ces progrès : ils doivent contribuer puissamment à la
prospérité du pays.

FIN.

TABLE DES MATIÈRES.

94 TABLE DES MATIÈRES.

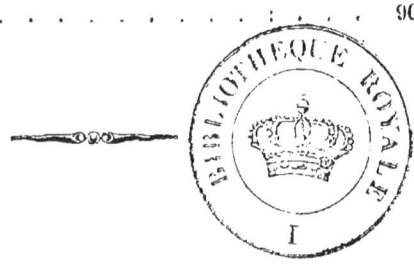